KB117687

제15회
미당문학상
수상작품집

제15회
미당문학상
수상작품집

최정례 | 개천은 용의 홈타운

중앙일보
문예중앙

차
례

수상시인 최정례 특집

최종후보작

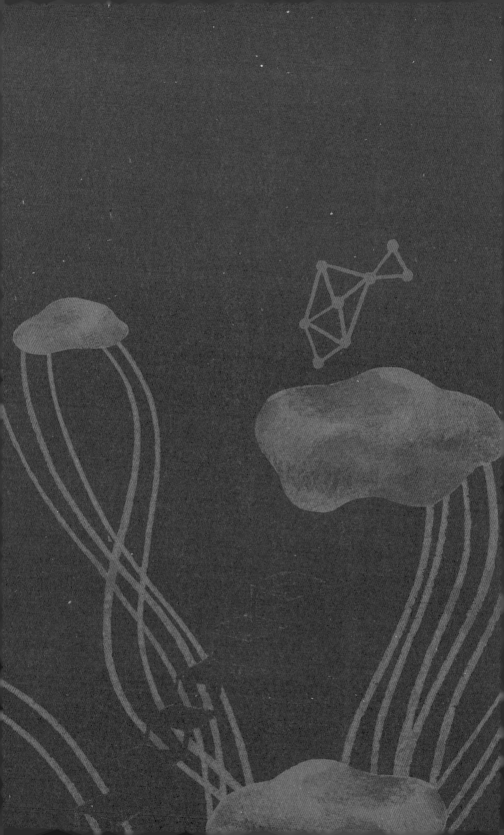

제15회
미당문학상

수상시인
최정례 특집

개천은 용의 홈타운

개천은 용의 홈타운

 용은 날개가 없지만 난다. 개천은 용의 홈타운이고, 개천이 용에게 무슨 짓을 하는지는 모르겠지만 날개도 없이 날게 하는 힘은 개천에 있다. 개천은 뿌리치고 가버린 용이 섭섭하다? 사무치게 그립다? 에이, 개천은 아무 생각이 없어, 개천은 그냥 그 자리에서 뒤척이고 있을 뿐이야.

 갑자기 벌컥 화를 내는 사람이 있다. 용은 벌컥 화를 낼 자격이 있다는 듯 입에서 불을 뿜는다. 역린을 건드리지 마, 이런 말도 있다. 그러나 범상한 우리 같은 자들이야 용의 어디쯤에 거꾸로 난 비늘이 박혀 있는지 도대체 알 수가 있나.

 신촌에 있는 장례식장 가려고 버스를 기다리고 있다. 햇빛 너무 강렬해 싫다. 버스 한 대 놓치고, 그다음 버스 안 온다, 안 오네, 안 오네…… 세상이 날 홀대해도 용서하고 공평무사한 맘으로 대하자, 내가 왜 이런 생각을? 문득 제 말에 울컥, 자기연민? 세상이 언제 너를 홀대했니? 그냥 네 길을 가, 세상은 원래 공정하지도 무사하지도 않아, 뭔가를 바라지 마, 개떡에 개떡을 얹어주더라도 개떡은 원래 개떡끼리 끈적여야 하니까, 넘겨버려, 그래? 그것

때문이었어? 다행히 선글라스가 울컥을 가려준다 히히.

　참새, 쥐, 모기, 벼룩, 이런 것들은 4대 해악이라고 다 없애야 한다고 그들은 믿었단다. 그래서 참새를 몽땅 잡아들이기로 했다지? 수억 마리의 참새를 잡아 좋아하고 잔치했더니, 다음 해 온 세상의 해충이 창궐하여 다시 그들의 세상이 되었다고 하지 않니, 그냥 그 자리에서 뒤척이고 있어, 영원히 오지 않는 버스를 기다린다 해도 넌 벌컥 화를 낼 자격은 없어. 그래도 개천은 용의 홈타운, 그건 그래도 괜찮은 꿈 아니었니?

최정례의 후보작들은 대부분 시집 『개천은 용의 홈타운』에 실려 있다. 해설에서 조재룡 평론가는 이 산문시집이 "기획의 산물일 뿐만 아니라, 시적 의식을 확장하고 넓혀내고자 한 사투의 결과"라고 상찬했다.

시인이 근년에 천착해온 산문시가 이완된 진술이 아니라 새로운 시적 모험이라는 것에 전적으로 동의한다. 최정례의 시는 생물학적 나이를 거슬러 더 젊고 치열해지는 듯하다. 산문은 어디까지, 어떻게, 시가 되는가. 이 질문을 던지며 시와 산문, 꿈과 현실, 노래와 항변 사이에 누구도 낸 적 없는 길을 찾고 있다. 이 시에서도 산문의 직진성과 그것을 창조적으로 방해하는 시의 우회성이 특유의 긴장을 만들어내고 있다. 시상의 예기치 않은 변화뿐 아니라, 감정상태역시 단순치 않다. 수많은 쉼표와 물음표가 보여주듯, 시적 화자는 더 이상 개천에서 용이 나올 수 없는 불공정한 현실에 대한 절망감과 "그래도 개천은 용의 홈타운"이라고 믿고 싶어 하는 기다림 사이에서 뒤척이고 있다. 그러면서 "범상한 우리 같은 자들" 속에 부글거리는 말들을 거침없이 내뱉는다. 때로는 통렬하게 때로는 유쾌하게, 그 말들은 자기연민을 훌쩍 넘어 세상이라는 과녁을 향해 날아간다.

— 나희덕 · 시인

시 로 하 는

공 공 근 로

우선 후보에 함께 올랐던 동료 시인들께 죄송합니다. 시에 몸 바치고도 아무런 대가도 받지 못하고 세상의 냉대와 함께 현실의 어려움에 처해 있는 선후배 시인들께도 그들의 영광을 가로챈 것 같아 죄송합니다. 그러나 그렇다고 해서 기쁜 마음을 감출 수 있는 것은 아닙니다. 정직하게 말하자면 매우 기쁩니다. 이 기쁨을 제게 주신 심사위원 선생님들께 깊이 감사드립니다. 저는 이십대 때 절대로 시 같은 것을 쓰며 살지는 말자 그런 어리석은 결심을 한 적이 있습니다. 그 어리석은 결심을 실행하지 않고 변심하여 늦게나마 시 같은 것을 쓰기로 한 것은 잘한 것 같다는 생각을 오늘 합니다. 늘 시를 쓰며 산다는 게 좀 미안하기도 하고 겸연쩍다는 생각을 했습니다. 밥값도 못하고 놀고먹는 게 아닌가 싶어 쓸데없는 일에 부지런을 떨기도 했습니다. 시는 우리 삶에 실질적으로 도움이 되는 구체적 산물을 생산하는 일이 아니라는 생각 때문이었습니다. 그런데 오늘 어느덧 시집을 여섯 권이나 내고 이 자리에 서게 되었습니다. 밥값을 하지는 못하지만 그래도 뭔가 하기는 하나 보다 하는 생각을 해야 할 것 같습니다. 억지로 제가 하는 일에 의미를 붙여보고자 합니다. 어쩔 수가 없어서요.

쓴다는 게 도대체 뭔가? 시가 도대체 무엇이기에 상까지 주면서 '너 앞으로도 계속 잘 써'라며 격려를 하는 것인가, 하는 생각을 해보았습니다. 동사무소에서는 공공근로자에게 가로수 가지치기나 공원 잔디밭의 잡풀 뽑아내는 일을 시키며 경제적 도움을 주기도 합니다. 죄송합니다, 이 상의 상금을 시집 한 권 묶기까지의 일당으로 계산해보았습니다. 그것과 비슷하다는 생각을 했습니다. 시는 사실 가시적으로는 별로 하는 일이 없습니다, 아름답게 잘 가꾼 꽃밭이 하는 역할처럼 우리에게 직접적인 위안을 주는 것도 아닙니다. 시를 공공근로적 차원에서 생각하자면, 어떤 상황이나 문제를 다른 시선으로 바라보게 함으로써 우리를 눈뜨게 하는 것이라 할 수 있습니다. 시는 우리 자신을 변화시키거나 다른 생각을 하게 해서 우리가 놓여 있는 세계를 다시 보고 변화할 것을 요구하기도 합니다.

수상 소식을 전해 듣자 문득 미당의 시 「풀리는 한강가에서」의 구절이 떠올랐습니다.

강물이 풀리다니
강물은 무엇하러 또 풀리는가
우리들의 무슨 설움 무슨 기쁨 때문에
강물은 또 풀리는가

그다음 구절들은 여러분도 아시다시피 이 햇빛 이 물결을 내게
주면서 황토 언덕, 꽃상여, 떼과부의 무리들을 바라보라고 강물이
풀리는 것이라고 했습니다. 시 쓰는 일도 사는 일도 이렇게 얼어붙
었던 한강물처럼 그냥 풀리기만 하지는 않을 것임을 짐작하고 있습
니다. 시를 읽거나 시를 쓰는 일은 그런 짐작들을 조마조마하게 새
기며 근신하며 결국 우리가 부닥쳐야 할, 순조롭지만은 않을, 때로
는 궁극의 시간을 맞게 될 우리 모습을 바라보라고 있는 것일 겁니
다. 하루하루의 우리 일상이 믿는 도끼가 되어 우리 발등을 찍고 찍
으며 닥쳐오겠지만 그것들 앞에서 우리의 자세를 생각해보고 익숙
하게 굳어버린 우리의 생각, 우리의 시선을 바꾸면서 우리가 놓인
이 세계도 변화시켜나가라고 시가 있는 것이라 생각합니다.

가로수 가지치기나 잡풀을 솎아주는 식의 공공근로 같은 이 작업으로써, 집단적이거나 상투적이지 않은 다른 시선, 다른 생각으로나 개인을 변화시키고 우리가 놓인 세계를 향해서도 새로운 의견을 제시하며 변화시켜나가라고 이 상을 주시는 것으로 생각하겠습니다. 앞으로도 그렇게 일당을 받건 말건 새로운 생각을 생산해내는 공공근로 하겠습니다. 감사합니다.

그 시간표 위로 외 28편

그 시간표 위로

　그 집에 살 때, 장롱 문 안쪽 거울 옆에 전철 시간표를 붙여두었었다. 그 시간표에 눈을 주고 적어도 몇 분에 집을 뛰쳐나가야 그것을 잡아탈 수 있는지, 연신 시계를 보며 옷을 입고 로션을 발랐다. 전철은 십오 분 간격으로, 주말에는 그보다 드물게 왔다가 갔다. 그 집을 떠나 몇 번을 이사했는지 셀 수도 없다. 장롱 문 안쪽에 손바닥 반만 한 시간표를 그대로 붙여둔 채 이사를 다녔다. 장롱은 조금씩 부서지고, 부서져서 어느 집으로 이사할 때 내다 버렸는지 기억나지 않는다. 오늘 아침, 밖에서 누가 경적을 울렸는데 문득 그 시간표가 떠올랐다. 코트 안주머니 깊숙이 뭔가를 넣어두었다가 몇 계절이 지나도록 잊어버리고 있었던 것처럼, 안주머니에 넣어두었던 그것이 무엇이었는지조차 모르겠다. 언젠가는 이 말을 하리라 생각했다. 어디서부터 어떻게 해야 할지는 모르지만 언젠가는 때가 올 것이라고. 시내에서 버스를 타고 한참을 달리다 보면 갑자기 녹음이 짙어지는 곳이 나타난다. 처음 가보는 곳이지만, 그래 여기서 내리자 여기서 내려 살아가자. 그랬던 어떤 순간이 있었다. 그때처럼 갑자기 어떤 결심이 서는 순간, 그때에 하리라. 당신이 내 이야기를 들어줄 어떤 순간이 올지 어떨지 짐작할 수는 없지만, 꼭 한 번은 말하고 싶었다, 그 시간표 위로 지나간 전철들을 도저히 다 셀 수는 없다. 이제 와서 그것들, 그 말들, 그런데 어느 날은 그 이야기 꺼내지도 못하고 그냥 죽을 것만 같다. 그런데 난 왜 이러는 것일까, 얘기를 들어줄 사람은 들을 생각도 없는데.

자선작

나는 짜장면 배달부가 아니다

　화가가 되고 싶었다. 대학 때는 국문과를 그만두고 미대에 가야한다고 생각했다. 사 년 내내 그 생각만 하다가 결국 못 갔다. 병아리를 키워 닭이 되자 그걸로 삼계탕을 끓였는데 못 먹겠다고 우는 사촌을 그리려고 했다. 내가 그리려는 그림은 늘 누군가가 이미 그렸다. 짜장면 배달부라는 그림. 바퀴에서 불꽃을 튀기며 오토바이가 달려가고 배달 소년의 머리카락이 바람에 나부끼자 짜장면 면발도 덩달아 불타면서 쫓아갔다. 나는 시 같은 걸 한 편 써야 한다. 왜냐구? 짜장면 배달부 때문에. 우리는 뭔가를 기다린다. 우리는 서둘러야 하고 곧 가야 하기 때문에. 사촌은 몇 년 전에 죽었다. 심장마비였다. 부르기도 전에 도착할 수는 없다. 전화 받고 달려가면 퉁퉁 불어버렸네. 이런 말들을 한다. 우리는 뭔가를 기다리지만 기다릴 수가 없다. 짜장면 배달부에 대해서는 결국 못 쓰게 될 것 같다. 부르기 전에 도착할 수도 없고, 부름을 받고 달려가면 이미 늦었다. 나는 서성일 수밖에 없다. 나는 짜장면 배달부가 아니다.

최정례

동쪽 창에서 서쪽 창까지

여자는 빨래를 넌다

삶아 빨았지만 그다지 하얗지가 않다

이런 식으로 살기를 선택한 것은 바로 너야

햇빛이 동쪽 창에서 서쪽 창으로 옮겨가고 있다

여자는 서쪽으로 옮겨 널어야겠다고 생각한다

이런 식으로 살기를 선택한 것은 바로 너야

그러나 이런 식으로 살게 될 줄은 몰랐지

서쪽 창의 햇빛도 곧 빠져나갈 것이다

오래전에 잃어버린 봄이 있었다

어떤 시는 오래 공들여도 거기서 거기다

억울한 생각이 드는데 화를 낼 수도 없다

어쨌든 네가 입게 된 옷이야

벗어버릴 수는 없잖아 예의를 지켜

얼어붙었던 것들은 녹으면서

엉겨 매달렸던 것들을 놓아버린다

놓아버려야 하는 것들을 붙잡고

이렇게 될 수밖에 없었기 때문에

이렇게 된 거지

이따위 말을 하는 것이 무슨 소용인가
형이 다니는 피아노교습학원 차를
타고 싶어서 쫓아갔다가 동생이
피아니스트가 되었다는 얘기
그가 라디오에 나와 연주하고 있다
전에 살던 집에서는 멀리 산이 보였었는데
이 집은 창에 가득 잿빛 아파트뿐이다
전에는 아니었는데 지금은 이렇게 된 것
우연은 간곡한 필연인가
우연이 길에서 헤매는 중인데 필연이 터치를 했겠지
그래서 여기에 이르렀겠지
잃어버린 봄, 최초로 길을 잃고 울며 서 있었던 것은
여섯 살 때인 것 같다
피아노의 한 음이 이전 음을 누르며 튀어오른다
우연과 필연이 서로 꼬리를 치며 꼬드기고 있다
문득 서쪽 창으로 맞은편 건물의 그림자가 들어선다
퇴근하는 지친 몸통처럼 어둡다

최정례

해삼내장젓갈

해삼은 이 집 주방이 두렵다. 칼이 무섭고 도마도 무섭다. 건드리면 지레 겁먹고 얼른 뭔가를 내놓는다. 한 줄뿐인 내장에 이상한 향을 품었다가 위험이 닥쳐오면 재빨리 내장을 쏟아놓는다. 창자만 가져가시고 몸은 살려달라는 최후의 협상 카드를 내미는 것인데, 인간 세상 협상 대신 내장 빼앗고 해삼 반으로 잘라 양식장에 던져놓는다.

나도 당신이 두렵다. 두려움과 그리움 구별할 수가 없다. 어젯밤 당신 내게 왜 그런 소포를 부쳐왔는가. 우편물이 왔다고 해서 문을 열었는데 거기 묶인 꾸러미 위에 희미하게 당신 이름 적혀 있었다. 당신이 내게 뭘 보낼 리 없는데, 어떻게 내 주소는 알게 됐을까 풀어보려는 순간, 이름 희미해지며 다시는 보이지 않았다. 이런 건 대개 꿈 아니면 백일몽이다. 두려움과 그리움은 눈 비비며 같은 구덩이에 산다. 그것들 소포 꾸러미처럼 가끔 날 찾아왔다가 순식간에 녹아내린다. 당신들 내게 그렇게 호의적일 리 없지, 내가 내 속을 긁어내 환상의 꾸러미를 만들건 말건, 내장 긁어내 보였다 다시 삼키건 말건. 어쨌거나 해삼, 어느 여름날 새끼줄에 묶어 데려갔다가 흔적 없이 녹아내린 적 있었다. 분하고 원통

자선작

한 것은 해삼인지 나인지.

  그나저나 나는 시 같은 걸 쓴다. 별로다. 나는 시 같은 걸 쓰지
않는다. 그것도 별로다. 한밤중이다. 그건 괜찮다. 바위틈으로 기
어들어 부풀리고 굳어져서 아무도 꺼내지 못하게 할 테다. 그러나
다시 내장 빼앗기고 반으로 잘려 던져지는 해삼의 밤이다. 믿는
도끼가 발등을 찍고 찍는 밤이다. 간이고 창자고 쏟아놓고 기다려
주마. 이 내장 삭아 젓갈 되면 그 아득한 맛에 헤어나지 못할까. 헤
이, 미식가 여러분, 세상이 한판에 녹아내릴까.

한 짝

장갑 한 짝을 잃어버렸다. 용산역에서 돌아오는 기차표를 예매하느라 장갑을 벗었었다. 커피를 주문하느라 카드를 꺼냈었다. 개찰구로 나가기 전 십오 분간 서성이다 기차에 올라 자리를 찾아 앉자마자 장갑이 한 짝뿐이라는 걸 알았다. 기차가 막 달리기 시작한 때였다. 가방과 주머니를 뒤지는 동안 눈앞에서 간판들, 창문들, 지붕들, 헐벗은 가로수들이 달려 사라지고 있었다.

또 사면 돼, 무심해지려고 애썼다. 역 구내를 흘러 다닐 커피 냄새, 오가는 사람들, 역사 밖에 신문지를 덮고 누워 있던 사람이 떠올랐다. 날씨가 차가웠다. 장갑은 친구가 선물로 준 것이다. 손목 끝에 밍크털 장식이 붙어 있었다. 밍크털이 아니라 펭귄털인지도 모른다. 손목 부분을 바닥으로 세워놓으면 뒤뚱거리다 쓰러졌다. 전날 밤 TV에서 본 펭귄 같았다.

펭귄이라니, 쓸데없는 생각이다. 펭귄은 남극에 산다. 얼음 위에 서서 발등 위에 알을 올려놓고 하체의 체온으로 알을 덥힌다. 얼음 바다를 마주 바라보며 먹을 것을 구해 돌아올 짝을 기다린다. 멀리서 뒤뚱뒤뚱, 날개였던 팔을 흔들며 다가오는 짝을, 목구멍에서 먹이를 토해 부화한 새끼의 입속에 넣어줄 짝을 기다린다. 얼음 설원에 눈보라가 친다.

자선작

장갑은 한 짝뿐이라 누가 주웠다 해도 다시 버려질 것이다. 구석에서 더 구석으로 치워질 것이다. 장갑은 신경도 뇌도 없으니 추위를 느끼지 못한다. 쓰레기통에서 커피 찌꺼기, 쭈그러진 종이컵, 비닐봉지와 섞인다 해도 기분 같은 것은 없다. 차갑고 더러운 곳으로 휩쓸려 간다 해도 그곳이 어디인지 자신이 무엇인지도 모른다.

그러다가 어느 날은 바다로 간 펭귄도 돌아오지 않는다. 잠깐 바닷물 위로 붉은 피가 피어올랐는데, 누구의 것인지 모른다. 바다사자들은 언제든 펭귄을 공격하니까. 부화하려던 새끼는 얼어버린 돌덩이가 되어 나뒹군다. 한 짝은 얼음 바다를 계속 바라보고 서 있다. 한 짝은 느낌도 생각도 대책도 없다. 또 사면 돼, 그 생각에만 매달렸다.

인터뷰

사격 선수가 첫 금메달을 땄다 또 올림픽이 시작되었다
적어도 한 달은 온 나라가 이렇게 지나갈 것이다
사격 선수는 인터뷰하면서 자기 아이에게는 절대
사격을 시키지 않겠다고 했다
모기가 내 다리를 물었다

종아리에 두 방, 정강이에 한 방, 산책로에서 물린 것인지
싱크대에 섰을 때 물린 것인지 소파에 누웠다가
몹시 가려워졌는데
이미 늦었다
생명은 자기 생명을 다하여 자신을 유지하려 한다
삶에 낭비란 없는 것 같다 가려운 인생
가려우니 긁을 수밖에

아버지에게 가봐야 한다
사회복지사의 말이 등급 외 판정을 받았기 때문에
주간 보호를 맡길 수는 없다고 했다
아버지는 목욕하다가도 비누칠한 것을 잊고

자선작

욕조에서 잠이 드는데
사회복지사와 인터뷰할 때는
자기 이름이며 생년월일까지 정확히 대답해버렸다
좀 더 바보가 될 때까지 기다려야
복지기관에 종일 맡겨질 수가 있다고 한다

금발의 여자애가 사격 선수 앞에 와서
사인을 받으며 금메달을 살짝 어루만졌다
참을 수 없이 가렵다
모기 물린 데 바르는 약은 어디에 둔 것일까

어젯밤 내내 꿈을 꾸었는데 내용이 전혀
생각나지 않는다
꿈속에서 지나친 것과 지금 지나치고 있는 것
두려운 것은 딴 세상과 이 세상 사이에 아무것도 없고
아무런 상관이 없게 되는 것이다

최정례   29

릴케의 팔꿈치*

릴케의 약혼녀 헤드비히는 사랑스럽다. 젊고 솔직하며 지적이다. 더구나 뼈대 있는 가문의 막내딸이다. 풍부한 정서를 내뿜는 그녀와 이야기하는 동안 릴케는 한 번도 지루한 적이 없다. 발랄한 헤드비히와 데이트를 하고 귀가하던 어느 날 밤은 지독하게 캄캄했다. 지붕 밑 다락방으로 올라가는 계단이 잘 보이지 않는다. 간신히 더듬어 올라가 방문을 열었는데 이상한 여자가 안에 있다. 더러운 냄새를 풍기며 이빨이 듬성 빠져 있는 못생긴 여자였다. 누구냐고 물었는데 여자는 대답 대신 쳐다만 본다. 방을 착각한 것 같다고 미안하다며 나오려 했으나 그 검은 눈에서 빠져나올 수가 없다. 릴케는 아니야, 이럴 수는 없어, 중얼거리며 그녀가 이끄는 대로 따라 움직인다. 아침에 깨어보니 그녀가 옆에 누워 있고 릴케는 혐오감에 들끓어 자기 방으로 달려 나간다. 그는 분명 매혹적인 약혼녀 헤드비히를 사랑한다. 그녀 없는 미래란 생각할 수도 없다. 릴케는 침대에서 전전반측하다 팔꿈치로 벽을 치게 된다. 그 소리에 반응한 옆방의 여자가 릴케의 방문을 두드리고 다시 비몽사몽간에 그녀가 릴케의 팔을 베고 있고, 그런 식으로 여자와의 관계는 끊어지지 않는다. 난 널 혐오해, 네가 싫단 말이다, 꺼져버려, 외친다. 파혼 통보를 받은 릴케는 떠나버린 약혼녀를

자선작

찾으러 가나 허사, 돌아와보니 검은 눈의 여인이 그의 침대에 죽은 채 누워 있다. 이런 것을 읽고 있는 나, 벗어날 수 없는 컴컴한 계단, 방문의 손잡이, 늙어빠진 이빨들, 나를 끌고 다니는 것은 내 생각이 아니라 저 팔꿈치, 내 마음이 아니라 저 삐걱대는 계단과 딱딱한 벽, 더러운 발바닥, 검은 미로의 갱도, 수시로 컴컴한 안개가 몰려온다, 설탕물같이, 독액같이, 더러운 시같이 끈적끈적.

*릴케의 산문 「바느질하는 여자」를 읽다가.

이 길 밖에서

만약 너의 엄마가 어깨에는 링거 줄이, 코에는 음식물을 밀어 넣는 플라스틱 줄이, 하체에는 소변 줄이 매달려 있다면, 소리 없이 액체가 흘러내리면서 내부가 외부로 흘러 해체가 진행 중이라면, 무슨 진지한 사건이나 물건을 대하듯 간호사와 의사가 근엄하게 오가고, 소독복으로 갈아입은 네가 침대 곁으로 가서 망각으로 가는 길을 좀 늦춰보려고 이렇게 말을 하게 된다면, 엄마 내가 왔어, 나를 알아볼 수 있어? 알면 눈까풀을 깜박여봐, 고개를 끄덕여봐 반응 없는 대상을 향하여 옛날얘기를 들려주듯 평범한 사람이 평범한 마을에 살았어요, 평범한 가족과 평범하게 살던 평범한 사람의 육체가 여기 누워 있어요, 라는 식으로 너는 너의 엄마를 오브제로 볼 수 있겠니, 객관화할 수 있느냐 말이야.

지난주에 막 떨어지려고 하던 잎들은 다 떨어지고, 엉켜서 엎어져 있고, 바람에 날리던 것들이 흙 속으로 기어들어가 각각의 원소로 바뀌려 하고, 사실이 비사실로 변해가는 잠깐 사이, 눈으로는 창밖 나무들의 나라를 헤매고, 이것은 상상한 세계인지도 몰라, 상상이 눈앞에 비현실처럼 펼쳐지는 거야, 생각을 잠깐 펼쳤다 가는 것처럼 이 계절은 텅 비었다가 다시 가득 채워질 거야.

누워있는 식물인간들, 우리 그럴 가능성이 있지, 그런데 그게 바로 너 자신이라면? 네 핏줄이라면? 엄마가 살던 집을 팔아 없애야 하고, 살림살이, 옷가지, 고물상이 와서 무게로 달아 가게 내버려두고, 버리는 데 돈이 더 드네, 한심해서 너도 몇 가지 주워들겠지. 식물 된 사람이 입었던 코트, 스카프, 자줏빛에 초록 안감을 댄 두루마기, 식기 몇 개, 다들 집은 좁은데 김치냉장고는 누구네 집으로 치워야 하나, 아픈 몸으로 된장은 왜 담가서 항아리마다 채워놓고, 오래된 맷돌, 이건 장식용 골동품인데 아깝지만, 쓰다 만 양념들, 참기름, 들기름은 오래돼서 버리고, 코트와 두루마기는 수선하면 입게 될까,

　그것이 누구의 이야기든, 센티멘털하게 흘러가겠지, 센티멘털 저니, 이 길 밖으로 벗어날 수 있을까, 벌떡 일어나 나간다 하더라도, 갈 데도 없고, 갈 길도 모르겠고, 그런데 내가 어디 있는지는 몰라도 내 삶은 빤히 알고 있겠지, 지금 내가 어디쯤 와 있는지, 빤히 바라보겠지, 이 길 밖에서 올빼미 눈 같은 것을 번득이면서.

북창동식 미시 꿀통

4호선 정부과천청사역 다음 정거장은 인덕원역이다. 4번 출구로 올라서면 대로변에 북창동식 미시 꿀통이 보인다. 일번지 나이트, 루비 룸, 딸기 노래빠와 함께 있다. 밤이면 붉은 간판이 더욱 요염하게 돌아간다. Urban 호텔이 점잖게 그것들을 내려다보며 헬스 퍼스널트레이너를 거느리고 있다. 정부과천청사역 근처에는 이런 것들이 없다. 푸르른 가로수가 있고 드넓은 잔디밭이 있고 정성껏 가꾼 꽃들이 대형 화분에서 잘 살고 있다. 그래서 과천의 부동산은 인덕원 지나 선 아파트보다 훨씬 비싸다. 또 인덕원에는 LA 노래빠, 라이브 터, 태국전통 마사지, 촉디 웰빙, 최칠백 당구 클럽, 비치 안마, 그리고 고시원도 있다. 정부과천청사역에는 없는 것들이 여기 다 와서 모여 있다. 청사 바로 앞에서 노래 같은 걸 부르면 안 되니까 그럴 수도 있겠다. 그런데 왜 갑자기 간판의 돌아가는 불빛이 헬리콥터처럼 보일까, 여객선이 기울어 침몰 중인데 한 바퀴 돌고는 괜찮은 거지, 아무 일 없지? 하고 돌아갔던 그 헬리콥터, 이곳에 살기 위해서는 노래를 잘해야 하나 보다. 도처의 노래방에서, 라이브 노래빠에서 꿀통에 누군가를 빠뜨려놓고 매미처럼 울어줘야 하나 보다. 인덕원에 내려 버스를 기다리는 사람들, 갈아타고 다시 한참을 변두리로 가야 할 사람들, 멍하니

자선작

쳐다보라고 북창동식 미시 꿀통이 번쩍이는 것은 아닐 것이다. 꿀통에 가서 호기롭게 카드를 긁어주는 누군가를 위하여 아무튼 북창동식 미시 꿀통은 있다. 삼남의 길목 교통의 요충지에, 이순신도 지났고 과거 급제한 이몽룡도 지났고, 정조 대왕 화성능행 가며 인덕을 베풀라 해서 생겼다는 그 이름 인덕원에.

냄비는 왜?

지금은 냄비를 닦을 때가 아니다 그런데 너 왜, 냄비만 문지르고 있니, 의사가 오늘 밤이 고비니 준비하라고 했다는데, 얼른 병원으로 달려가 두 손을 잡고 그리고, 그런데 왜 냄비만 붙잡고 있어, 손잡이에 찌든 얼룩까지 문질러 닦아내려고, 수세미를 쥐고, 도대체 왜 이러고 있는 거야, 달려가 잡는다 해도 뾰족한 수가 있을까, 진통제에 절어 눈도 못 뜨고, 신음하는 귀에 대고 무슨 수로 마지막 말을 한단 말인가, 죽는 것은 남들만 죽는 거야, 우리 식구는 절대로 안 죽어, 이런 멍청한 소리, 붙잡는 소리, 뇌주는 소리, 무슨 말이든 귀에 대고 알아듣지 못한다 해도, 그런데 어쩌려고 냄비만 붙잡고, 그동안 사느라 애썼다, 천국에 가서 다시 만나, 이런, 이런, 냄비 뚜껑 굴러떨어지는 소리, 아무래도 지금은 이러고 있을 때가 아니다, 서둘러, 사느라 애쓰더니 죽는 게 더 힘들구나, 언제나 놓여날까, 복부에, 폐에, 콩팥에 줄줄이 줄들을 매달고, 항암 주사에, 방사선에, 반은 죽은 몸뚱이에게, 이제 아프지 않게 될 거라고 어떻게 감히, 냄비는 무지막지 반짝이며 싱크대 앞을, 환히 밝히는데 이 냄비로 무슨 공갈 우거지탕을 끓여보겠다고, 어쨌든 마음의 준비를 하라니까, 가서 장례 절차도 의논하고, 수목장은 어떠니, 딸이라고 영정 사진 못 들 거 없다, 말이라도 보태면서,

　　　　　　　　　　　　　　　　　　　　자선작

오락가락하는 귀에 대고서, 그런데 두 팔이 욱신거리도록 번쩍이는 이 냄비는 도대체 왜 무슨 용도로 이래야만 하는 것이냐?

회생

한 달에 두 건 가지고는 유지가 안 돼요. 여덟 건 이상은 해야 돼
요. 여름에는 노인들이 잘 안 죽어요. 이 업종에도 성수기가 있다
니까요. 요즘은 일을 통 못했어요. 한때 우리가 바가지를 씌우고
불친절하다고 소문이 났었지만 그래도 지난겨울엔 여섯 건은 했
거든요. 요즘은 친절하려고 애쓰는데도 회복이 잘 안 되네요. 땅
사고 건물 짓느라 은행 빚을 많이 얻었어요. 장사가 잘돼야 이자
도 내고 원금도 갚아나가지요. 이 김포시 인구가 이십사만인데 보
시다시피 막 신도시가 들어서고 있잖아요. 머지않아 오십만은 될
것이고 그중 노인 인구가 점점 늘어나 이제 20프로는 노인이거든
요. 그중 5프로만 죽는다 해도 그리고 대부분 큰 병원 영안실에서
장례식을 하고 나머지 10프로만 우리 장례식장에서 처리한다 해
도 틀림없이 우린 회생할 수 있어요. 겨울까지만 좀 기다려주세
요. 노인들이 여름에는 잘 안 죽어요. 비수기라니까요.

자선작

꿈땜

멋진 옷이 걸려 있어 그 옷을 입어보고 거울에 비춰보고 돌아보고 수선을 떠는 사이 꽃무늬 가죽신을 잃어버렸다. 신발이 없어졌네, 울상이 되어 있는데 어떤 이가 신발을 빌려주겠다고 한다. 신어보니 내 발에 꼭 맞았다. 그러나 남의 신을 신고 어떻게 가나 망설이다 벗어놓았는데 깨어보니 꿈이었고, 그 신을 신어보라고 권했던 이는 죽은 친구였다. 꿈에서 신을 잃어버린 것도, 잃어버린 구두의 꽃무늬가 그토록 아름다웠던 것도, 죽은 이의 신을 신고 좋아했던 것도 갑자기 무서운 생각이 들어 식구들에게 각별히 차 조심하라고 했다.

땜쟁이, 구멍 난 양은냄비를 때워주는 사람을 전에는 그렇게 불렀다. 땜, 땜, 칼 갈아요, 소리치면서 저승사자처럼 지나갔었다. 커다란 등짐을 지고 바늘구멍을 뚫고 낙타가 거리를 횡단하듯이. 꿈의 텅 빈 구멍을 메우기 위해 이 세상의 현실이 몰려가는 것, 무슨 일이 일어나 꿈을 때워줄 것인가. 누군가 신발 잃어버리는 꿈을 꾸고 자기 남편이 죽었다고 하지 않았나, 어릴 때 들은 그 얘기. 그런데 오늘 몇 년간 강의 나가던 학교로부터 이젠 그만 나오라는 전화를 받았다. 이따위 일이 그 구멍을 메워줄 리는 없고.

최정례   39

시아버지 장례식을 치를 때 문상객 중에 신발 잃어버린 사람이 셋이나 있었다. 조카애들이 열심히 신발을 정리했는데도 그랬다. 상주는 상갓집에서 신발을 잃어버린 불길한 마음을 달래줘야 한다고 그들에게 구두표를 보내주었다. 꿈속에서도 누군가 이 꿈 밖으로 그런 것을 보내준다면 당장 그 집으로 달려가 날개옷에 꽃무늬 그 구두를 다시 신고? 그럴 리는 없겠지, 그런데 낙타는 무슨 수로 꿈의 그 바늘구멍을 통과했을까.

닭의 실루엣

손톱만큼 작은 잉크빛 풀꽃, 나의 본적지 시골 냇가에만 지천으로 피어나는 꽃인 줄 알았는데, 외국의 강변에도 달개비꽃이 피어 있었다. 고개를 길게 빼어 올리고 이슬에 젖어 있었다.

—이 꽃을 한국에서는 칵스 대디라고 불러, 정말? 왜 그러는 거야? 흔들리는 옆모습을 한번 보라구, 닭 머리 모양이잖아, 뾰족한 부리와 머리 위 벼슬, 수탉 옆얼굴이지? 하, 아름다운 실루엣이네. 한국어로 뭐라구? 닭의 애비, 달개비, 애비란 대디야.

나는 꽃 이름의 유래를 잘 알지도 못하면서 라파엘에게 그렇게 말해주었다. 익숙한 내 나라의 풀꽃이니 내 것처럼 큰소리쳐도 상관없을 거 같았다. 강물도 아침 공기도 쾌청한 푸른색이라 내 외국어도 내 나라 말처럼 바람을 타는 것 같았다.

그렇게 말해놓고 나서 나도 미심쩍었다. 왜 그런 이름이 붙게 됐을까, 수탉보다도, 병아리 낯짝보다도 훨씬 작은 달개비꽃이 어찌하여 닭의 애비가 된 것일까, 몸집도 얼굴도 생각도 마음도 나보다는 훨씬 크고 센 그이들이 우리의 아버지였는데.

비속해진 애비들이 먼 나라에 와 흔들리며 서서히 사라지고 있다. 저녁이면 깜박 기절했다가 다시 일어나 나갔던 이들. 자신도 모르게 점점 작아져서는 요양원에서 멍하니, 아침은 드셨어요? 오늘은 며칠이에요? 물으면 우물쭈물 대답을 못한다. 시냇가 습기 많은 둔덕에서 갑자기 아버지들이 손을 흔든다. 아침 강변의 안개 속에서 식물의 이름을 붙잡고 멀어지고 있었다.

떠돌이 개

나는 개를 키우지 않는다. 개를 좋아하는 것도 아니다. 나는 7층에 산다. 엘리베이터를 타고 내려가면 문이 자동으로 열리는 아파트에 산다. 나는 왜 이렇게 사는지 모른다. 며칠 전에는 아파트 현관을 나서는데 느닷없이 커다란 개가 내 앞에 나타났다. 한참 나를 쳐다보더니, 아파트 마당을 펄쩍펄쩍 뛰었다. 난 개들의 표정을 읽지 못한다. 배가 고프다는 뜻인지 반갑다는 뜻인지 화가 났다는 뜻인지.

나는 그에 대해 아무것도 모르면서 그를 만나기를 열망하던 때가 있었다. 오래전의 일이다. 그가 자주 다니던 길목에서 무작정서 있었다. 신호등의 파란불이 다섯 번째 바뀌도록, 버스 정거장에서 같은 번호의 버스가 여섯 대가 지나가도록. 그가 지나간 날도 있었고 아주 나타나지 않았던 날도 있었다.

이상하게도 그 개는 내가 현관을 나서기만 하면 어디선가 나타나서 펄쩍펄쩍 뛰었다. 접힌 귀의 갈색 털이 햇빛을 받아 노랗게 곤두섰다. 배는 홀쭉하고 비쩍 말라 있었다. 염소 같기도 하고 늑대처럼 보이기도 했다. 목줄이 있었다.

지금은 이름이 생각나지 않지만 그 학생은 교무실의 내 책상 위에 혹은 내 집의 문 앞에 번번이 꽃을 놓고 달아났었다. 내가 말을 걸려고 하면 어느새 사라졌다. 나도 그 애가 복도 맞은편에서 걸어오면 무언가 잃어버린 것을 찾으러 가는 척 다시 교무실 쪽으로 되돌아간 적도 있었다.

그 개가 햇빛 속에서 마당을 몇 바퀴 돌다가 사라졌다. 아득한 끝, 먼지 속에서 자라나던 덤불이 느닷없이 사라지는 풍경을, 갑작스런 선을 긋고 사라지는 별똥별을 떠올렸다. 어떤 것들은 제 궤도만을 하염없이 맴돌고, 어떤 것들은 느닷없이 궤도를 이탈하여 타버린다.

나는 그 개를 기다린다. 먹을 것을 주며 말을 걸어보리라. 그러나 이제 그 개가 나타나지 않는다. 나는 그 개가 말을 하는 것을 상상한다. 이상해, 어떻게 아무것도 모를 수가 있지? 난 모든 것을 기억하는데. 나는 그 개의 눈을 보며 말해본다. 나는 어디에서 왔니? 그리고 나는 지금 누구니? 그리고 너는 누구한테 버림받았

지? 그러나 내가 하는 말은 이상하다. 내가 이해할 수 없는 말이다. *왈왈왈 왈왈* 개의 말이 되어 튀어나온다. 대답은 돌아오지 않는다.

벙깍 호수

오늘 작가회의로부터 이상한 문자를 받았다. 시인 최정례 부음 목동병원 영안실 203호 발인 30일. 평소에도 늘 받아보던 문자다. 그런데 아는 사람이었고 내 이름이었다. 실수임을 인정하는 정정 문자가 다시 오겠지 기다리며 그냥 있었다. 남편에게 전화해서 웃긴다고 말했더니 남편의 말이 그것은 시인의 죽음이지, 당신은 시인이 아니잖아 했다. 그러고 보니 그렇다. 딸애에게 내가 죽으면 제일 걱정되는 것은 자개장롱과 돌침대라고 했다. 딸애는 걱정 말라고 했다. 자기가 쓰겠다는 것이다. 그런데 그건 거짓말이다. 방 안 전체를 차지하는 이 무거운 구닥다리를 그 애가 쓸 리가 없다. 남 주거나 팔아버리지 말라고 했다. 딸애는 자기를 못 믿는다고 벌컥 화를 냈다. 작가회의에 전화해서 항의할까 하다 그만두었다. 회의에 참석한 적도 없고, 절친한 사람도 없는데 누구에게 내가 살아 있다고 주장할 것인가. 어쨌든 나는 살아 있으면 되는 것 아닌가. 살아 있다. 난 정말 살아 있다. 그런데 궁금했다. 집 앞 문간에 의자를 내놓고 하루 종일 앉아 있는 사람들, 동남아시아 어디쯤에서 그런 사람들을 보았다. 나도 하루 종일 아무 일도 안 하고 그냥 그러고 있다. 왜 벙깍 호수라는 이름이 갑자기 떠올랐는지 모르겠다. 그 호수는 매립되어 사라졌다고 한다. 택시를 타

자선작

고 그 호수에 데려다달라고 했더니 운전수가 한 대답이었다. 벙깍
호수에도 못 갔고 플리즈 원 달러를 호소하는 애들에게 일 달러
도 안 준 나다. 한 번 주면 오십 명은 달라붙는다고 해서 못 췄다.
이상한 평계를 대면서 나는 살아 있다. 친구들에게 전화해서 살아
있다고 말할까 하다 그만두었다. 친구들은 바쁘고 헛소리는 들어
주지도 않는다. 나는 그냥 앉아서 지금은 사라졌다는 벙깍 호수만
그려보고 있다.

홍수 뒤

돼지가 지붕을 타고 떠내려갔어요
붉은 흙탕의 소용돌이 속에서
내려 디딜 곳을 찾는데
내릴 수가 없었어요.

내가 살던 옛집으로 당신이 찾아왔어요
그 집 떠나온 지 수십 년이 지났는데
아직도 난 그 집에 살고 있었어요
꿈이라는 것 이런 식으로 터무니없지요

빗속에서 미등을 켠 차들이 꼬리를 물고
물에 잠겨 떠내려갔어요
남의 일, 남의 집 일처럼
한 달을 쉬지 않고 비가 내렸어요

스토커는 버림받는 것이 두려워요
스토커는 매달릴 것을 찾아 붙잡아야 해요
내가, 당신이, 우리들 스토커가

자선작

홍수에 떠밀려 가며 꿀꿀거렸어요

어떤 차들은 문득 지붕 위에도
넙죽 올라가 앉아 있었고
홍수 지난 뒤 찬연한 햇빛 속에서
냄비와 이불, 옷가지들이
서로를 끌어안고 뒤엉켜 있었어요

그처럼 적나라하게
허드레옷을 입고 있는 내게 다가와
당신이 다정하게 말을 걸었는데
거긴 무너진 옛집이었어요

금세 알아챘지요, 꿈이라는 것
스토커는 자신을 사랑할 수가 없어요
스토커는 남의 집 환한 불빛만을 쳐다봐요

돼지가 지붕을 타고 떠내려갔어요

오래전 얘기지요

제발 부탁인데

지금 어디야? 그런 것 묻지 말고

내버려두세요

하류로 하류로 떠내려갔으니

다음 생엔 당신이 시를 써요

당신이 떠내려가며 꿀꿀거려요

그 집은 팔아버렸고 주소도 사라졌어요

자선작

3분 동안

3분 동안 못할 일이 뭐야
기습결혼을 하고
아이를 낳을 수 있지
다리가 끊어지고
백화점이 무너지고
한 나라를 이룰 수도 있지

그런데
이봐
먼지 낀 베란다에 널린
양말들, 바지와 잠바들
접힌 채 말라가는
수치와 망각들
뭐하는 거야

저것 봐
날아가는 돌
겨드랑이에서

최정례   51

재빨리 펼쳐드는 날개를

저 날개 접히기 전에
어서 결혼을 하고
아이를 낳아야지
도장을 찍고
악수를 청하고
한 나라를 이루어야지

비행기가 떨어지고
강물이 갇히기 전에
식탁 위에 모래가 켜로 앉기 전에
찬장 밑에 잠든 바퀴벌레도 깨워야지
서둘러 겨드랑이에
새파란 날개를 달아야지

자선작

푸른 사과

버스가 거기 섰기 때문에 노점의 푸른 사과가 내게로 왔다
여름도 다 가고 한물간 수박 곁에서 그의 얼굴은 빛나고 있었다
내가 보았기 때문에 푸른 사과는 한층 푸르고
배꼽 부분은 부드럽게 파인 채 나를 향하고 있었다
버스가 떠나자 푸른 사과는 사각 유리창 밖으로 튀어 나갔다
버스가 달리는 동안 내내 나는 아직 눈에 푸른 사과를 담고 있
었다
푸른 사과는 내가 저를 생각하는 줄도 모르고
아직 그 정거장 좌판 위에 서 있을 것이다
한없이 기다리다 지쳤기 때문에 푸른 사과는
검은 비닐봉지에 담겨 누군가의 손에 매달려 갈 것이다
참 이상하고 짧은 불꽃이
한 달간 밥을 먹지 못한 이 여름이
언제 올지 모르고 가고 있었다
푸른 배꼽 속으로 뛰어들어가 다시는 나오고 싶지 않았다
내려서 푸른 사과에게 갈 수가 없었다
이상한 버스는 어디로 가는 것인지 왜 이렇게 돌아다니는지
푸른 사과에게 전할 수가 없었다

최정례   53

고기 사러 갔던 길

고기를 사러 간다고 가는 길이었다
꼭 그 집 고기를 사오라 했다
교회 뒤 인공낚시터를 지나
수성갈비라고 쓴 옆
그 집은 가보니 아니었다
한참을 더 가야 했다
황토흙이 무너져 내리는 곳에서
아이들이 개미를 잡고 있었다
개미가 하얗게 알을 낳아놓은 곳에서
여왕개미를 찾고 있었다
한 아이가 개미 꽁무니에 혀를 대보고
진저리를 치고 있었다
고기를 사서 빨리 집에 가야 하는데
생각뿐이었다
사방이 지나치게 고요했다
거대한 폭풍이 지나간 듯
나무들이 길게 쓰러져 있었다
창문들이 소리 없이 닫히고

자선작

개천을 흐르는 물이 핏빛이었다
고기를 사러 가는 중이었다
아이들이 엎드려 있었다
입가에 피를 묻히고 아무 말도 못하고
잠들어 있었다
신문에서 본 그들이었다
주머니에서 산열매와 벼이삭이 나왔던
간첩이라고 했다
고기를 사러 간다고 가서는
길을 잃은 나도 거기 붙들려 있었다
깨워야 했다
밖은 비가 오고 있었다
핏빛이었다

비행기 떴다 비행기 사라졌다

비행기 떴다
아주 작은 점이 되어 사라졌다

목요일은 한잠도 못 잤다
금요일은 하루 종일 잤다
토요일은 일요일은 사라졌다

서른 살 땐 애 업고 전철역에 서 있었다
15만 원짜리 카메라를 사서 할부금을 붓고 있었다
스무 살 땐 레드옥스란 술집에서 울었다
연탄가스 먹고 실려 갔다

비행기가 또 떴다 이곳을 뿌리치고
가느다란 흰 선을 남기고

사랑하는 자만이 날 수 있다
그렇지만 누가 그토록 사랑하는가?
라고 시작되는 시가 있었다

자선작

누구였던가 누구의 시였던가

그는 나가라며 등 뒤에서 문을 꽝 닫았다
그때 그곳은 처음 가본 곳이라서 어디가 어디인지
무작정 어두운 골목을 더듬어 내려오는데
비행기가 소리 없이 구름 속으로 지고 있었다

전화가 오고 전화가 끊어지고
육체는 감옥이라서 다디단 크림케이크를 먹고
몸은 부풀었다
육체의 창살 안에서 부풀었다

트럭이 거울을 싣고 가고 있었다
거울 속에 집들은 통째로 실려 가다 기우뚱
골목을 제치고 순간에 자취를 감추었다

미겔 에르난데스의 시였다
너는 날 수 없으리라 너는 날 수 없다

네가 아무리 기를 쓰고 올라가도
너는 조난당하고 말리라

비행기가 무거운 쇳덩어리가 무작정 떴다
하늘 가운데 금속의 섬이 되어 돌고 있다

칼과 칸나꽃

너는 칼자루를 쥐었고
그래 나는 재빨리 목을 들이민다
칼자루를 쥔 것은 내가 아닌 너이므로
휘두르는 칼날을 바라봐야 하는 것은
네가 아닌 나이므로

너와 나 이야기의 끝장에 마침
막 지고 있는 칸나꽃이 있다

칸나꽃이 칸나꽃임을 이기기 위해
칸나꽃으로 지고 있다

문을 걸어 잠그고
슬퍼하자 실컷
첫날은 슬프고
둘째 날도 슬프고
셋째 날 또한 슬플 테지만
슬픔의 첫째 날이 슬픔의 둘째 날에게 가 무너지고

슬픔의 둘째 날이 슬픔의 셋째 날에게 가 무너지고
슬픔의 셋째 날이 다시 쓰러지는 걸
슬픔의 넷째 날이 되어 바라보자

상갓집의 국숫발은 불어터지고
화투장의 사슴은 뛴다
울던 사람은 통곡을 멈추고
국숫발을 빤다

오래 가지 못하는 슬픔을 위하여
끝까지 쓰러지자
슬픔이 칸나꽃에게로 가
무너지는 걸 바라보자

자선작

그녀의 입술은 따스하고 당신의 것은 차거든

그러니 제발 날 놓아줘,
당신을 더 이상 사랑하지 않거든, 그러니 제발,

저지방 우유, 고등어, 크리넥스, 고무장갑을 싣고
트렁크를 꽝 내려 닫는데……
부드럽기 그지없는 목소리로 플리즈 릴리즈 미
가 흘러나오네
건너편에 세워둔 차 안에서 개 한 마리 차창을 긁으며 울부짖네

이 나라는 다알리아가 쟁반만 해, 벚꽃도 주먹만 해
지지도 않고
한 달이고 두 달이고 피어만 있다고
은영이가 전화했을 때

느닷없이 옆 차가 다가와 내 차를 꽝 박네
운전수가 튀어나와
아줌마, 내가 이렇게 돌고 있는데
거기서 튀어나오면 어떻게 해

최정례   61

그래도 노래는 멈출 줄을 모르네

쇼핑카트를 반환하러 간 사람, 동전을 뺀다고 가서는 오지를 않네
은영이는 전화를 끊지를 않네

내가 도는데 아저씨가 갑자기 핸들을 꺾었잖아요
듣지도 않고 남자는 재빨리 흰 스프레이를 꺼내
바닥에 죽죽죽 금을 긋네

십 분이 지나고 이십 분이 지나도 쇼핑센터를 빠져나가는 차들
스피커에선 또 그 노래
이런 삶은 낭비야, 이건 죄악이야,
날 놓아줘, 부탁해, 제발 다시 사랑할 수 있게 날 놓아줘

그 나물에 그 밥
쟁반만 한 다알리아에 주먹만 한 벚꽃,
그 노래에 그 타령
지난번에도 산 것을 또 사서 실었네

　　　　　　　　　　　　　　　　　　　　자선작

옆 차가 내 차를 박았단 말이야 소리쳐도
은영이는 전화를 끊지를 않네
훌쩍이면서
여기는 블루베리가 공짜야 공원에 가면
바께쓰로 하나 가득 따 담을 수 있어
블루베리 힐에 놀러 가서 블루베리 케이크를 만들자구

플리즈 릴리즈 미, 널 더 이상 사랑하지 않거든
그녀의 입술은 따스하고 당신의 것은 차거든
그러니 제발, 날 놔줘. 다시 사랑할 수 있게 놓아달란 말이야

최정례   63

레바논 감정

수박은 가게에 쌓여서도 익지요
익다 못해 늙지요
검은 줄무늬에 갇혀
수박은
속은 타서 붉고 씨는 검고
말은 안 하지요 결국 못하지요
그걸
레바논 감정이라 할까 봐요

나귀가 수박을 싣고 갔어요
방울을 절렁이며 타클라마칸 사막 오아시스
백양나무 가로수 사이로 거긴 아직도
나귀가 교통수단이지요
시장엔 은반지 금반지 세공사들이
무언가 되고 싶어 엎드려 있지요

될 수 없는 무엇이 되고 싶어
그들은 거기서 나는 여기서 죽지요

자선작

그들은 거기서 살았고 나는 여기서 살았지요
살았던가요, 나? 사막에서?
레바논에서?

폭탄 구멍 뚫린 집들을 배경으로
베일 쓴 여자들이 지나가지요
퀭한 눈을 번득이며 오락가락 갈매기처럼
그게 바로 나였는지도 모르지요

내가 쓴 편지가 갈가리 찢겨져
답장 대신 돌아왔을 때
꿈만 같아서
그때는 현실이 아니라고 우겼는데
그것도 레바논 감정이라 할까요?

세상의 모든 애인은 옛애인이 되지요*
옛애인은 다 금의환향하고 옛애인은 번쩍이는 차를 타고
옛애인은 레바논으로 가 왕이 되지요

레바논으로 가 외국어로 떠들고 또 결혼을 하지요

옛애인은 아빠가 되고 옛애인은 씨익 웃지요
검은 입술에 하얀 이빨
옛애인들은 왜 죽지 않는 걸까요
죽어도 왜 흐르지 않는 걸까요

사막 건너에서 바람처럼 불어오지요
잊을 만하면 바람은 구름을 불러 띄우지요
구름은 뜨고 구름은 흐르고 구름은 붉게 울지요
얼굴을 감싸 쥐고 징징거리다
눈을 흘기고 결국

오늘은 종일 비가 왔어요
그걸 레바논 감정이라 할까 봐요
그걸 레바논 구름이라 할까 봐요
떴다 내리는
그걸 레바논이라 합시다 그럽시다

＊박정대의 「이 세상의 애인은 모두가 옛 애인이지요」 중에서.

자선작

병점餅店

병점엔 조그만 기차역 있다 검은 자갈돌 밟고 철도원 아버지 걸
어오신다 철길 가에 맨드라미 맨드라미 있었다 어디서 얼룩 수탉
울었다 병점엔 떡집 있었다 우리 어머니 날 배고 입덧 심할 때 병
점 떡집서 떡 한 점 떼어 먹었다 머리에 인 콩 한 자루 내려놓고 또
한 점 떼어 먹었다 내 살은 병점 떡 한 점이다 병점은 내 살점이다
병점 철길 가에 맨드라미는 나다 내 언니다 내 동생이다 새마을
특급 열차가 지나갈 때 꾀죄죄한 맨드라미 깜짝 놀라 자빠졌다 지
금 병점엔 떡집 없다 우리 언니는 죽었고 수원, 오산 정남으로 가
는 길은 여기서 헤어져 끝없이 갔다

늙은 여자

한때 아기였기 때문에 그녀는 늙었다
한때 종달새였고 풀잎이었기에
그녀는 이가 빠졌다
한때 연애를 하고
배꽃처럼 웃었기 때문에
더듬거리는
늙은 여자가 되었다
무너지는 지팡이가 되어
손을 덜덜 떨기 때문에
그녀는 한때 소녀였다
채송화처럼 종달새처럼
속삭였었다
쭈그렁바가지
몇 가닥 남은 허연 머리카락은
그래서 잊지 못한다
거기 놓였던 빨강 모자를
늑대를
배 속에 쑤셔 넣은 돌멩이들을

그녀는 지독하게 목이 마르다

우물 바닥에 한없이 가라앉는다

일어설 수가 없다

한때 배꽃이었고 종달새였다가 풀잎이었기에

그녀는 이제 늙은 여자다

징그러운

추악하기에 아름다운

늙은 주머니다

내가 한 잎 나뭇잎이었을 때

25년 전 할아버지가 죽었다
할아버지가 죽은 해로부터 다시 55년 전
부뚜막에는 가물치가 있었다
할아버지 할머니 아버지 고모 삼촌 들
둘러앉아 가물칫국을 먹었다
역시 남의 살이 들어가니 맛있다며
한 대접씩 마셨다

35년 전 할머니가 죽었다
할머니가 죽은 해로부터 다시 45년 전
부뚜막에는 가물치가 아직 있었다
깜빡 잊고 솥에 들어가지 못한 가물치가 있었다
식구들은 가물치 빠진 헛가물칫국을 마시고
역시 남의 살이 들어가니 다르다며 한 대접씩 먹었다

45년 전 아버지는 전쟁을 만나 동굴 속에 숨어 있었다
그로부터 다시 35년 전 아버지는 아이였다
조그만 아버지 속의 더 작은

나는 부뚜막 위 가물치를 보았고
나는 가물치 속으로 들어가고 말았다

내가 한 마리 가물치 속에 있을 때로부터 다시 100년 전
나의 할아버지 가물치는 큰 가뭄을 만났다
강바닥이 갈라져 몸부림쳤다
아가머 대신 입으로 숨 쉬다 땅에 올랐다
살려고 식구끼리 잡아먹었다
결국은 몸 비틀고 죽기도 했다

할아버지 가물치가 죽은 해로부터 다시 100년 전
밤이면 살아남은 가물치 나무에 올랐다
달이 떠오르다 별이 뜨다 라는 아득한 말처럼
나무에 기어올랐다
마른 강줄기를 따라 선 지친 나무들
하염없이 두 팔 벌린 그들 가슴을
가물치 속의 내가 흔들었다
검은 등줄기로 툭툭 치면서

최정례

비린내를 풍기면서
몸 바꿔 나뭇잎으로 펄럭였다

180년 전 그로부터 다시 200년 전
내가 한 잎 나뭇잎으로 흔들릴 때
본 것 같았다 들은 것 같았다
푸르렀던 것 갑자기 시들어지고
문득 영원한 휴일이 오고
뜻도 없이 침몰하는 배 한 척
오늘 이 순간에 타고 있는 이상한 나를 본 것만 같았다

자선작

빵집이 다섯 개 있는 동네

우리 동네엔 빵집이 다섯 개 있다
빠리바게뜨, 엠마
김창근베이커리, 신라당, 뚜레주르

빠리바게뜨에서는 쿠폰을 주고
엠마는 간판이 크고
김창근베이커리는 유통기한
다 된 빵을 덤으로 준다
신라당은 오래돼서
뚜레주르는 친절이 지나쳐서

그래서
나는 빠리바게뜨에 가고
나도 모르게 엠마에도 간다
미장원 냄새가 싫어서 빠르게 지나치면
김창근베이커리가 나온다
내가 어렸을 땐
학교에서 급식으로 옥수수빵을 주었는데

최정례

하면서 신라당을 가고
무심코 뚜레주르도 가게 된다

밥 먹기 싫어서 빵을 사고
애들한테도
간단하게 빵 먹어라 한다

우리 동네엔 교회가 여섯이다
형님은 고3 딸 때문에 새벽교회를 다니고
윤희 엄마는 병들어 복음교회를 가고
은영이는 성가대 지휘자라서 주말엔 없다
넌 뭘 믿고 교회에 안 가냐고
겸손하라고
목사님 말씀을 들어보라며
내 귀에 테이프를 꽂아놓는다

우리 동네엔 빵집이 다섯
교회가 여섯 미장원이 일곱이다

자선작

사람들은 뛰듯이 걷고
누구나 다 파마를 염색을 하고
상가 입구에선 영생의 전도지를 돌린다
줄줄이 고깃집이 있고
김밥집이 있고
두 집 걸러 빵 냄새가 나서
안 살 수가 없다
그렇다
살 수밖에 없다

냇물에 철조망

우리 모두는 사랑하는 이를 향하여 흐르는 강물이다

어제는 그렇다고 생각했는데
오늘은 아닌 것 같다

조금 바람이 불었는데
한 가지에 나뭇잎, 잎이
서로 다른 곳을 보며 다른 춤을 추고 있다

저 너머 하늘에
재난 속에서 허덕이다가 조용히 정신을 차린 것 같은 모습으로
구름도 흘러가고 있다

공중에서 무슨 형이상학적 추수를 하는 것 같다

자선작

개구리 메뚜기 말똥구리야

너 개구리야

그 힘으로

콩 튀듯 팥 튀듯 뛰는 메뚜기야

네 사랑의 힘으로 말똥구리야

우리 말똥을 굴리며

엎어지며 고꾸라지며 가자

저 들판을 지붕을 건너

개구리 메뚜기 말똥구리야

대문 걸어 잠그고 두문불출한다 해도

느닷없이 따귀 맞고 욕설은 듣게 된다

빚 갚고 갚으며

철조망에 싹이 나고 잎이 날 때까지

꽃 피고 꽃 지고

밤나무에 주렁주렁 수박 덩이가 매달릴 때까지

복사씨도 살구씨도 미쳐 날뛸 때까지*

가자

말똥을 굴리며 굴리며

으으 개구리 메뚜기 말똥구리야

세간에 세간에 출세 간에

그 너머로 우리

말똥을 소똥을 굴리며 가자

*김수영 시「사랑의 變奏曲」에서.

자선작

1955년　모친은 나를 혼자서 낳고 가위를 소독해 탯줄을 끊었다 한다. 경기도 화성군 정남면 출신의 부모는 그 무렵 영등포 신길동 부근 이모가 살던 근처에 올라와 살았다. 부친은 철도국에 다니게 되었고, 시골에 살던 사촌들, 이종사촌들, 상경해 상급 학교에 다니고자 하는 먼 친척들이 와서 항상 열두 식구가 넘는, 하숙집처럼 붐비는 집에서 함께 살다. 최초의 기억은 다섯 살이 되도록 모친의 모유에서 떨어지지 않았던 어린애를 향해 두레밥상에 둘러앉은 사람들이 엄마의 젖줄에 매운 김치를 올려놓고 먹어봐, 먹어봐, 하며 협박하던 장면이다.

1963년　천안역으로 전근하게 된 부친을 따라 천안국민학교로 전학. 서류 미비로 한 달은 집에서 뒹굴다 간 아이에게 담임이 칠판에 '철수'를 써보라고 했는데 '칠수'라고 써 대대적인 망신을 당한 기억이 있다. 다행이 일본식 철도 관사에서 친척들 없이 최초로 우리 가족만 살게 되어 마당의 밭에서 참외를 따 먹을 수 있었고, 개천에서 미꾸라지를 잡아 다친 오리에게 먹인 기억이 있다. 3학년까지 다니다 다시 전학, 영등포 도림국민학교를 졸업하다.

1968년　차비 쓰지 말고 가까운 영등포 여중에 가라는 부모의 권유를 무시하고 담임선생이 이화여중에 입학 원서를 넣어 시험을 보게 했고 합격하다. 빈민가의 아이로서 이화여중에

수상시인이 쓴 연보

입학하여 극심한 정서적 충격의 시기를 맞다. 내성적이고 말 없는 아이가 되어 주로 학교도서관에서 정음사 세계문학전집 소설을 빌려 책가방을 채우다. 이화여고 문예반 반장이었던 어느 날 문예반 선생이 불러 유신 찬양의 글을 써 오라는 말에 어설프게 반항하다 따귀를 맞은 적이 있다. 교내 문학콩쿠르에서 「장마」라는 제목의 소설을 써서 교지에 실리다. 이 무렵 '서우회'라는 고교 문학서클에서 송호근, 강원돈 혹은 이태용, 김연신, 최시한, 이균영 등의 선배 문학 지망생들을 만났으나 멀리서 쳐다보기만 하는 관계였다. 분위기에 휩쓸려 니체의 『차라투스트라는 이렇게 말했다』를 읽기도 하다.

1974년 고려대 국문과에 입학, 고대문학회에 간 적 있으나 회원들과 잘 어울리지 못하다. 최승자, 이남호 등이 멀리 있었다. 역사소설을 읽고 대학 신문에 공민왕 관련 시를 발표한 적이 있다. 연극판을 기웃거리거나 음악실에 가서 처박혀 있거나 학교를 그만두고 미대에 갈까 망설이기만 한 대학시절이었다. 연애 감정 비슷한 것으로 뇌는 가득 차 있었고, 무서워 떨며 돌멩이 한두 번 던지고 휴교령이 내리다. 대학원 진학을 생각하며 논어, 맹자 등 한문 공부를 하다 포기하다. 문학은 하지 않겠다는 결론을 내리고 졸업하다. 졸업과 동시에 대한전선 광고선전실에 카피라이터로 취직하다.

1980년 카피라이터보다는 직업으로서 여건이 나을 것이란 판단
하에 국어 교사로 전직, 대림여중 남성중, 관악중 등에서
10여 년간 매일 같은 내용을 반복하며 교실을 오가다. 비
는 시간을 틈타 양호실에 숨어들어 유치환, 김수영, 서정주
등의 시집을 끼고 지내다. 이 무렵 광주에서 있었던 무시무
시한 사건을 풍문으로 전해 들었으며 광주 31사단에서 암
호병으로 군복무중인 남자에게 매일 편지를 쓰다.

1984년 어느 날 보니 암호병이던 남자와 결혼을 한 상태였고, 병명
을 모른 채 투병 중인 남편을 시골에 요양 보낸 후, 첫아이
를 업고 버스 정류장에 서 있었다. 처음으로 시라도 쓸까?
하는 생각을 하다.

1987년 서울예대에서 기획한 교사를 위한 시창작 워크숍에서 오
규원 선생님을 만나다. 시에 대한 기존 생각을 완전히 깨부
수는 그의 한마디 한마디에 깜짝 놀라 직장을 그만두고라
도 그의 강의를 듣겠다고 찾아갔으나 번번이 거절당하다.
2년 후 간신히 오규원 휘하의 합평회 그룹에 끼어들 수 있
었다. 조은, 이경림, 이원, 이문숙 등을 만날 수 있었다. 이
무렵 두 살배기 둘째 아이를 맡기고 혹은 업고 시 쓴답시고
나돌아 다니다.

1990년 5년간 각 신문사 신춘문예에 도전했으나 실패.《창비》,《문

수상시인이 쓴 연보

학과사회〉,《현대문학》,《세계의 문학》등 각종 문예지에 투고했으나 번번이 실패.《현대시학》역시 첫회에 실패. 재시도 끝에 간신히 등단하다.

1992년 육아에 전념하겠다는 핑계로 국어 교사를 퇴직했으나 실은 시를 향한 욕망이 육아를 방해하는 지경이 되다.

1994년 《현대문학》에 시 「병점」의 월평을 계기로 황현산 선생님을 만나게 되다. 민음사에서 2년간 계류 중이던 첫 시집 『내 귓속의 장대나무 숲』을 황현산의 해설을 붙여 출간하다. 첫 시집을 내면 세상이 바뀔 거라는 허황된 상상과 달리 아무런 일도 일어나지 않다. 고려대 불문과 수업을 청강하면서 대학원 진학을 생각해보다.

1998년 두 번째 시집 『햇빛 속에 호랑이』(세계사)를 출간하다. 첫 시집 냈을 때를 상상하고 아무 기대 않기로 했으나, 한 언론사에서 '올해의 시집'으로 올려놓다. 다음 해 제10회 김달진문학상 수상하다.

1999년 고려대 대학원 진학 첫 시도 실패. 다음 해 재시도로 뒤늦게 석사과정에 입학하다. 수업 중 직설적 폭탄 발언으로 후배들의 집단적 원성을 샀으나 그걸 눈치채지 못한 상태로 박사과정 진입.「백석시의 근대성 연구」로 박사 학위를 받

다. 이후 현재까지 한신대, 동덕여대, 한국예술종합학교,
고려대 등에서 시간 강사로 전전하다.

2001년   세 번째 시집 『붉은 밭』(창비) 출간하다. 이전 시집들과 달
리 시집 구상 3년 전부터 미리 인세를 받아 계약 후 원고를
쓰는 믿지 못할 일이 일어나다.

2003년   시집 『붉은 밭』으로 제10회 이수문학상을 수상하다. 심사
평에서 "기억과 현존이 함께 만들어내는 팽팽한 탄력을 동
시에 보여주는 획기적인 아름다움이다, 시집 속의 언어가
속절없는 감상주의를 단호하게 거절할 뿐 아니라 나른한
수사주의도 과격하게 배격한다."라는 평을 듣다.

2006년   네 번째 시집 『레바논 감정』(문학과지성사)을 출간하다. 한
국문학번역원의 지원으로 미국 아이오와 국제창작프로
그램에 참가. 영어가 반밖에 들리지 않는 상태에서 세계
각지의 시인들을 만나고 흥분된 상태에서 제임스 테이트
(James Tate)의 시에 매료, 그의 시집 번역을 작정하다. 또
한 풀리처 수상시인 로버트 하스(Robert Hass)와 브렌다
힐만(Brenda Hillman) 시인을 만나다. 한국시에 관심을 보
이며 번역을 제의하는 브렌드 힐만의 말을 단순한 인사치
레의 말은 아니라고 오해하고 3년 후 그들이 거주하는 캘
리포니아 버클리로 찾아갈 생각을 하다.

2007년	시 「그녀의 입술은 따스하고 당신의 것은 차거든」으로 제 52회 현대문학상 수상하다. 다소 민망한 시 제목 때문에 평소 흠모하던 김인환 선생님께 수상시집을 드리며 시를 이렇게 막 써서 죄송하다고 했더니 "시는 원래 막 쓰는 것이다."라고 해서 뇌에서 한 줄기 번개가 치다. 애호하는 시와 시인들에 관한 감상을 중심으로 산문집 『시여 살아 있다면 힘껏 실패하라』(문학에디션 뿔) 출간하다.
2008년	백석 시의 근대성 연구를 중심으로 쓴 학위논문을 수정 보완하여 시평집 『백석 시어의 힘』(서정시학) 출간하다.
2009년	학술진흥재단의 Post-Doc.지원금을 받아 미국 캘리포니아 버클리 대학에 1년간 체류, 로버트 하스의 강의 수강하다. 시인 브렌다 힐만의 집을 오가며 공동 번역 영문 시선집 『INSTANCES』를 탈고하다.
2011년	다섯 번째 시집 『캥거루는 캥거루고 나는 나인데』(문학과지성사) 출간. 공동 번역 영문시선집 『INSTANCES』(Parlor Press)를 미국 사우스캐롤라이나에서 출간하다.
2012년	시집 『캥거루는 캥거루고 나는 나인데』로 제14회 백석문학상 수상. 이 표제시로 미국 아이오와에서 스텝 류(Steph Rue)가 Book Art를 제작하다.

2013년 시집 『레바논 감정』에서 모티브를 얻어 제작했다는 독립
영화 〈레바논 감정〉이 모스크바영화제에서 감독상을 수
상. 혹시 시집 판매에 영향이 있을까 기대했으나, 해가 바
뀌어 다음 해에 개봉했는데도 시집 판매와는 전혀 관계없
고 아무런 소식도 들려오지 않다.

2014년 세월호가 침몰한 같은 날 모친 돌아가시고 부친 요양원으
로 가다. 일 년 후 양친을 가까이 돌보던 올케 병사, 집안에
거듭 불행한 일이 겹쳐오다. 한국문화예술위원회 지원으
로 3개월간 스웨덴 스톡홀름에 체류하다. 스톡홀름, 웁살
라, 말뫼 등지에서 낭독 발표. 웁살라의 번역가 카롤리나와
협의하여 스웨덴어 번역시집 탈고. 출판사에 번역원고 맡
기고 귀국하다.

2015년 여섯 번째 시집 산문시집으로서 기획하여 『개천은 용의 홈
타운』(창비) 출간하다. 이 시집으로 실천문학과 보은군이
주최하는 제8회 오장환문학상 수상하다. 실천과 보은에
대한 아득한 생각 중, 제15회 미당문학상 수상하다.

수상시인이 쓴 연보

하루하루가 믿는 도끼가 되어

우리의 발등을 찍는다 해도

조재룡 · 문학평론가

최정례의 시는 시집 속에 머물지 않는다. 어딘가로 나와버렸다. 그의 시를 읽으면서 우리는 삶에서 무수하게 떠돌고 있는 이상한 공간들 속으로 어쩔 수 없이 빨려 들어가기 때문이다. 시집의 첫 장을 펼친 후 독서를 마감할 때까지, 진솔하고 이지적인 문장에 하염없이 마음을 뺏긴 채, 우리는 어느 거리 위를 거닐고, 어느 버스 정거장 앞에서 "영원히 오지 않을 버스"(「개천은 용의 홈타운」)를 기다리며 우두커니 서 있거나, "간판들, 창문들, 지붕들, 헐벗은 가로수들"(「한 짝」)을 지나 어느 골목길로 접어든 후 잠시 어리둥절해하며, 주위를 다시 둘러보게 될 것이다. 도처에, 동시에서 벌어지고 있는 일들을 다면적으로 체험하는 바로 그 과정을 이야기하는 시를 그는 언제부터 백지 위에 비끄러매었는가.

그의 시에는 적적할 틈이 없다. 구석을 누비고 현실로 파고드는 사이, 아직 발화되지 않았던 숱한 경험들이 역치(易置)와 반어(反語), 아이러니와 페이소스로 무장한 이야기의 실타래에서 줄줄 풀려나오기 때문이다. 현실이 개방해놓았던 미지의 장소들이 그의 방문으로 제 사연을 조금 드러내면, 그 순간, 우리는 무엇인가에 휩싸여, 그렇게 '약간' 우리의 삶이 들어 올려지거나 고개를 숙이게 되는 일에 동참하게 된다. 이 시인의 문장은 그만큼 거침이 없으며 잘 제어되어 있고 능숙한 흐름에 제 몸을 맡길 줄 안다. 그러나 방심을 허용하는 것은 아니다. 삶의 비밀스런 면모들을 흘려보내는 『개천은 용의 홈타운』의 저 소략한 이야기는 하나의 줄기를 잡고 따라가다 보면 다른 줄기가 하나씩 따라와 어느새 거대한 몸이 된다. 꼬리가 꼬리를 물고 이어져 전체적으로 큰 퍼즐을 바라보고 있는 형국이라고 해야 하는 것일까. "산문과 시, 육신과 영혼, 이 취약하고 희미한 경계에서" 빚어낸 그의 저 "밑도 끝도 없는 이야기"(「시인의 말」) 속에서, 서로 다른 시간이 하나로 묶이고, 상이한 경험들이 중첩을 허용하며, 꿈과 현실이 한곳에서 포개어지거나 교차하고, 의식과 무의식이 삶의 혼잡한 틈새에서 치열하게 경쟁을 하고 있는 것이다. 삶을 돌아 나온 말들을 웅얼거리며, 타자와 세계, 일상을 체현하는 시인의 걸음을 그렇게 뒤따라가고, 그가 운신하는 크고 작은 보폭을 유심히 보는 일은 벌써 새롭고 낯선 경험이다. 그렇게, 어디에선가 울려오는 삶의 기이한 목소리에 휩싸일 때, 그 뒤로 남겨지는 것은 그러니까 웃음이었던가, 슬픔이었던가?

그가 대답보다 물음을 택한 이유가 여기에 있다. 그것은 대상에게 적재된 물음이 아니라, 나에게서 흘러나와 타자에게도 향하는, 타자로부터 내가 찾아 나선, 거개가 망설임과도 같은, 끝내 망설임을 뚫고 나온 의구이자 "미약한 내가 당신에게 나타나 나를 보여줄 수 있는 방법"(「있음과 있었음의 사이」)이었을 뿐이다. 이렇게 "당신 거처가 어디야?"(「거처」)라는 물음에는, 대답을 청해 들으려는 의지보다, 시에 대한 근본적인 물음이 자리할 것이다. 잠시 어리둥절해하거나 머뭇거린다 해도 어쩔 수 없다. 고개를 갸웃거리며 곤란한 웃음을 지어 보여도 돌이킬 수가 없다. "시 같은 걸 한 편 써야 한다."(「나는 짜장면 배달부가 아니다」)라고 시인이 말할 때, "난 왜 이러는 것일까, 얘기를 들어줄 사람은 들을 생각도 없는데"라며 머뭇거리는 몸짓으로, 그럼에도 기어코 우리 앞으로 현실의 시간 속에서 물음으로 쟁여 넣은 꿈들을 뭉텅이로 끌고 올 때, 그렇게 "총총

한 씨앗 속에 또다른 이야기를/그 이야기 속에 숨은 아주 다른 이야기"(「딸기는 왜 이렇게 향기로운 걸까」)를 그가 우리에게 들려줄 때, 내면에서 조용히 일어선 고통의 말들이 자아의 껍질을 깨고 일상으로 침투하여 돌올하게 차올라오는 고통과 사랑의 목소리를 들여온다. 그가 "이따위 말을 하는 것이 무슨 소용인가"(「동쪽 창에서 서쪽 창까지」)라고 자책할 때, 더구나 "나는 왜 이렇게 쓰는 걸까"(「너의 여행기를 왜 내가 쓰나」), "처음부터 다시 말하라면? 처음으로 다시 방백 같은 걸 하라고 한다면?"(「빗방울 화석의 시대로」)이라고 혼잣말을 할 때, 주저하는 저 시적 자의식에서 우리는 오히려 시인이 오래도록 품고 있었을 시적 실천과 갱신의 의지를 보게 되는 것은 아닐까? 시가 저 한없이 비루하고 진창인 이 세계의 어느 곳에라도 안착할 수만 있다면, 추상을 경계하는 말로 삶을 짓치고 들어가 삶과 일상에다가 제 시를 밀착시킬 수 있다면, 그러면 좋겠다고 말하고 있는 것은 아닐까? 최정례의 시는 "더러운 발바닥, 검은 미로의 갱도, 수시로 컴컴한 안개"를 헤집고서 "설탕물같이, 독액같이, 더러운 시같이 끈적끈적"한 세계에서 "말 속에 있는 빈자리"(「릴케의 팔꿈치」)를 찾아 나선, 미처 우리가 내딛지 못한 미래의 발걸음이다.

수상시인 인터뷰

1. 『개천은 용의 홈타운』에 이르기까지

<u>조재룡</u> 수상을 축하한다. 몇 년 전부터 꾸준히 수상 후보로 거론되어왔던 것으로 알고 있다. 그래서 더 감회가 새로울 텐데, 소식을 전해 듣고 난 날의 심정이 어떠했는가?

<u>최정례</u> 물론 기쁘다. 실은 몇 년간 수상 후보자의 자리에 있었던 것도 그 나름 쏠쏠하지만 씁쓸한 재미가 있었다고 말하고 싶다. 이제 수상 후보자에서 영영 밀려나야 할 시간이 되니, 무엇보다도 함께 후보였던 동료 시인들에게 미안한 마음이 든다. 나는 단지 운이 좋았던 것 같다. 또한 수상 때문이라고 말할 수는 없지만, 『개천은 용의 홈타운』을 출간하고 나서, 궤도를 이탈해 우주 밖으로 내던져지는 것 같은 기분이었다. 이젠 혼자 멀리 떨어져 나가야 하잖나. 어디로 가서 또 어떻게 헤매야 하나, 뭐 이런 생각이 들었고, 그러면서 어떤 두려움도 있었다. 느닷없이 미당의 시 한 구절 "강물이 풀리다니/강물은 무엇하러 또 풀리는가/우리들의 무슨 설움 무슨 기쁨 때문에 강물은 또 풀리는가"(「풀리는 한강가에서」)를 지금 내가 왜 중얼거리고 있는지 잘 모르겠다. 수상 소식을 전해 들은 날, 나는 낮 꿈을 꾸고 있는 게 아닐까 하는 생각을 했다. 지난 일 년간 집안에 불행한 일이 겹쳐서, 밤에 잠을 잘 이루지 못하고 있었다. 그날 오후에 잠깐 소파에서 졸았던 것 같다. 수상 소식을 전해주셨던 분도 평소에 익히 아는 분이었는데, 전혀 다른 목소리로 매우 정중하게 말씀하시는 거였다. 너무나도 이상했다. 네네 네 감사합니다, 하고 정신없이 전화를 끊고 보니 분명 낮 꿈은 아닌

것 같았다. 살다 보니 이런 일도 생기네, 하고 혼자 중얼거렸다. 그러나 무엇보다도 기쁘고 감사한 마음이다.

조재룡 첫 질문을 하자마자, 미당의 시 구절을 떠올리는 걸 보니, 최정례 시인에게 미당문학상은 각별한 의미가 있는 것 같다. 연관성 같은 것이 목격되는 것 같아 하는 말이다. 고향 질마재에 모여 사는 사람들의 평범하고 일상적인 이야기를 미당은 예순 살이 되던 해에, 운문 몇 편을 제외하면, 대부분 산문시의 형태로 엮어 자신의 여섯 번째 시집 『질마재 신화』를 세상에 상재했다. 미당이 산문시를 구상하고 본격적으로 산문시형을 시 안으로 끌고 들어온 나이 역시, 최정례 시인의 지금 나이와 비슷하며, 공교롭게도 두 분 다 여섯 번째 시집이다. 시집의 구성적인 측면을 헤아려도 두 시집은 모종의 맥락을 공유하고 있다. 다시 말해, 『질마재 신화』와 마찬가지로 『개천은 용의 홈타운』에도 간간이 운문시가 섞여 있지만, 전체적으로는 산문시집이라고 부를 수 있으며(이 호칭은 당연히 각별한 의미를 부여한다), 추상과 감정보다는 삶이라고 우리가 부르는 지극히 일상적인 풍경을, 예의 저 일상적인 호흡에 맞추어 움켜쥐려는 시도가 목격된다. 이런 맥락에서 이번 미당문학상 수상이 예사롭지 않게 다가온다. 나희덕 시인이 예심평에서 "산문은 어디까지, 어떻게, 시가 되는가. 이 질문을 던지며 시와 산문, 꿈과 현실, 노래와 항변 사이에 누구도 낸 적 없는 길을 찾고 있다"고 최정례 시인의 시 세계, 정확히 그 변화에 대해 언급한 것도 이러한 사실을 염두에 두고 지적한 것으로 보인다.

최정례 산문시가 뭔지, 시가 뭔지 모르면서 그냥 쓴 것이다. 다만 미당의 시 중에서 내가 좋아했던 시들을 돌이켜보면 주로 산문시였거나 아니면 서사적인 내용이 뚜렷이 드러나는 「춘향유문」 같은 시들이었다. 그러니 무슨 연관이 있기는 있었던 거 같다. 질문에 답하기 쉽지는 않으나 미당의 『질마재 신화』는 지적한 것처럼, 생활의 시편, 당대 질마재를 중심으로 일어났던 일상에 대한 작품이었다는 것을 분명히 기억하고 있다. 어휘나 문장이 단순하면서도 꾸밈이 없고 자신의 속내를 조금 더 드러냈다는 측면에서, 내가 산문시를 미당과의 연관선상에서 시도했다는 지적은 타당하다. 미당의 시 시계에 한 축을 차지하고 있는 정신이 시의 산문적 실천이라고 할 수 있을 것이다. 특히 그의 산문시 「신부」나 「해일」 같은 작품은 산문시가 갖추어야 할 유장함을 지니면서도, 그 뚜렷한 이미지 때문에 오랫동안 뇌리에서 잊히지 않았던 시다. 의식을 했건 그렇지 않건 간에, 미당이 보여준 이러한 유장함이나 선명한 이미지의 시들은 오래전부터 내가 추구하고자 했던 시이기도 하다. 예를 들어 「외할머니의 뒤안 툇마루」는 시간의 근원을 생각하게 해주었던 시였다. 내가 추구하던 시의 원형이 이것이라고 생각한 적이 있었다.

조재룡 이왕 말이 나온 김에, 미당의 시뿐만 아니라, 최정례 시인에게 영향을 끼친 시인이나 작가에 관해 이야기를 듣고 싶다.

<u>최정례</u> 대학을 졸업할 무렵 나는 시만은 쓰지 않겠다는 어리석은 결심을 하고 있었다. 직장을 갖게 되었고, 어느 순간 보니 결혼을 한 상태였고, 아이를 낳았고, 그렇게 현실 생활에 부닥치게 되면서 이러한 생각은 차츰 바뀌었다. 시라도 쓰고 싶다, 써야 한다는 생각이 들었다. 우여곡절 끝에 오규원 선생님을 만나게 되었다. 우연인지 필연인지 모르겠다. 그분을 만나지 못했더라면 시를 쓰지 않았거나 썼더라도 형편없는 것들이나 쓰고 앉아 있었을 것이다. 시에 관한 나의 생각을 완전히 뒤집어놓았던 분이 오규원 선생님이다. 내가 그런대로 괜찮다고 생각했던 교과서풍의 시를 써서 보여드리면 선생은 "괜찮은 시다. 그런데 그래서 어쨌다는 말이냐?"라고 하시거나 "시를 안 쓰고도 살 수 있다면, 그럴 수 있다면 좋지! 그렇게 해봐라."라고 말씀하셨는데, 이 말이 오기를 불러일으켰던 것 같다. 그렇게 나는 이상하고도 강한 자극을 선생님으로부터 받았다. 선생님이 남긴 이 말씀들이 지금도 생생하다.

또한 아무도 주목하지 않았던 시 「병점」의 월평을 써주신 황현산 선생님을 만난 일도 잊을 수 없는 사건이었다. 대학원에 진학한 후, 황현산 선생님의 수업을 들었고, 이 수업이 나에게 어떤 변화를 가져다주었다. 지금도 생생하다. 아폴리네르의 시 「나그네」나 「행렬」 등을 읽으며 갑자기 강물의 둑이 터지는 것 같은 시적 자유로움을 경험했던 것 같다. 막혀 있던 감정이 홍수처럼 넘쳐흐르는 느낌이었다고 할까? 선생님의 아폴리네르 연구서 『얼굴 없는 희망』에 수록된 시 「나그네」의 "울며 두드리는 이 문을 열어주오/인생은 에우리포스 만큼이나 잘도 변하는 것"이나, 시 「행렬」의 "조용한 새, 뒤집혀 비상하는 새 허공에

깃을 트는 새여"와 같은 구절들을 읽었고, 이 시를 만났던 시간에 내 작품 「비행기 떴다 비행기 날아갔다」를 쓰게 되었다. 또한 수업에서 선생님이 번역하신 말라르메의 「창(窓)」을 읽다가 나는 「창」이라는 작품을 쓰기도 했다. 이 시는 『햇빛 속에 호랑이』에 실려 있다.

조재룡 오규원 선생님과 황현산 선생님 두 분도 인연이 각별하다. 다른 분도 조금 더 말해주면 좋겠다.

최정례 이성복 시인도 언급하지 않을 수 없다. 이성복의 첫 시집과 세 번째 시집 『그 여름의 끝』을 읽고 시의 정전(正殿)이라고 할까, 이렇게 표현하면 좀 우습겠지만, 암튼 나는 시의 정수를 보았던 것 같다. 또한 후반기라고 하기에는 그렇지만 선생의 산문시집들을 읽고서 지금까지 없던 길을 가고자 하는 그의 자세와 정신을 존경하게 되었다. 최승자, 김영승, 장정일, 허수경, 김기택, 이진명 역시 나에게 크고 작은 영향을 미친 시인들이라고 생각한다. 최승자는 우리 시에 배어 있는 슬픔의 구덩이라고 할까, 나에게는 암튼 그런 시인이다. 김영승의 시는 존재의 본질을 꿰뚫는 탁월한 시선과 허무한 은둔자의 어린아이 같은 순정한 목소리로 나를 사로잡았고, 장정일의 시에서 나는 시를 이렇게까지 쓸 수 있다는 자유로움을 보았던 것 같다. 또한 등단 초기에는 나와 같은 해에 등단했던 이진명의 초기시를 흠모했던 적이 있다. 그의 첫 시집 『밤에 용서라는 말을 들었다』를 읽으며 나는 언제쯤 이렇게 시를 쓸까, 이런 생각을 했던 기억이 난다. 말이 나왔으니 허수경과 김기택도 언급하고 싶다. 허수경의 감정적 깊이는 우리 여성시의 폭을 확장시켰다고 믿는다. 김기택의 세세한 묘사 방식은 강의할 때 항상 교재로 삼을 만큼 좋아한다. 지금은 시를 쓰지 않는 것 같아 안타깝지만, 정화진도 잊을 수 없다. 그의 첫 시집 『장마는 아이들을 눈뜨게 하고』를 읽고 감정을 최대한 확장하는 방법을 배웠던 것 같다. 박상순도 언급하고 싶다. 박상순은 간략한 이미지로 대상을 단숨에 포착하는 '미니멀리즘'을 시로 실현해냈고, 거기서 뿜어나오는 아름다움을 나는 좋아했다.

조재룡 이러한 독서가 있었기에 시인은 동시대 시인들과의 교류와 영향 속에서 자기 고유한 길을 내는 것이 아닌가 한다. 좋은 시인은 좋은 시를 알아본다는 말을 여기서 확인하게 되는 것 같다. 시인이 동떨어져 자기 시에만 몰두하는 것 같아도, 시는 공동체의 산물이자 함께-그리고 다시 쓰는 지금-여기의 기록이다. 최정례 시인은 무엇보다도 자신이 가야 할 길에 장점이 될 만한 것을 선별하는 시선을 갖고 있으며, 이러한 사실은 시인이 늘 타자와 함께 쓰는 시의 주인이라는 사실을 말해준다.

2. 산문시, 기획의 산물

조재룡 산문시에 관해 질문을 하려고 한다. 몇 년 전부터 지면에 발표할 때면 작품 다섯에 넷 이상 산문시를 고수해온 것으로 안다. 이전 시집에서 이런 시도가 목격되지 않는 것은 아니다.

첫 시집 『내 귓속의 장대나무숲』의 「병점」이나 「끝장면」 같은 좋은 시뿐만 아니라 여러 작품들이 산문시의 형태를 취하고 있다. 그런데 내 생각은 이번 시집에 와서 본격적으로 산문시가 전면으로 나왔다는 것이다. 그렇다면 일종의 기획이었다는 것인데, 기획이라는 것은 거개가 실패로 귀결되기 십상이며, 잘해야 본전일 때가 많다. 따라서 '산문시'를 밀고 나가기까지 쉽지 않았을 것 같다. 사실 산문시 자체가 중요한 것은 아니다. 산문시는 늘 있어왔으니까. 그런데, 시 세계를 좀 더 세밀하게 좁혀나가게 마련인 중견 시인이, 어느 날 시 전반의 폭을 넓히는 변화를 시도한다. 이것은 일종의 모험이자 내기, 그러니까 위험성을 스스로 짊어지는 거나 마찬가지 아닌가 하는 생각이 들었다. 전작 어디를 봐도, 이와 같은 의도를 갖고 시 세계 전반을 구축하지는 않았었던 것 같다. 그래서인지, 몇 년 전부터, 아, 최정례 시인이 산문시를 밀고 나가는구나, 거기에는 이유가 있겠지, 이런 생각을 했던 것 같다.

최정례 지적한 것처럼 산문시는 나 말고도 많은 시인들이 써왔다. 그런데 내가 하고 싶었던 말은 우리가 기존에 늘 언급해왔던 시의 행간을 대신할 수 있는 어떤 자리, 그와 같은 자리를 이야기 사이에 끼워 넣을 수 있지 않을까 하는 생각을 했다. 즉 이야기와 이야기, 정황과 정황 사이의 공동(空洞)이라고 할, 어떤 지대를 만들어놓고 거기서 빙빙 돌다 보면, 어느새 내가 전하고자 하는 것이 말 너머에서 이루지는 것 같은 느낌을 자주 받았다. 경험적으로 이러한 사실이 점점 확인되면

서 산문시라는 개념을 떠올렸고, 보다 적극적으로 밀고 나가고 싶다
는 마음도 품게 되었다.《딩아돌하》(2012년 가을호)에서 내 시 특집을
꾸릴 때, 조재룡 선생이 산문시라는 커다란 주제로 글을 써준 것이 하
나의 계기가 되었다. 이후, 역사적으로 산문시를 실천한 작가들을 뒤
적거려보기도 하였고, 그렇게 보들레르의 산문시를 읽어보기도 했다.
시집 제목을 아예『산문시집』으로 붙여볼까 잠시 고민하기도 했다.

조재룡 나만 그렇게 느꼈던 것은 아닐 테지만,『레바논 감정』과
『캥거루는 캥거루고 나는 나인데』를 대상으로 일전에 한 차례
평론을 썼었던 내 입장에서는 '원초적 사랑의 저 편재하는 슬
픔'에 바쳐진 이 뛰어난 두 시집 이후가 그래서 더 궁금했었다.
물론 산문시는 잘 아시겠지만, 보들레르의『파리의 우울』을 본
격적인 첫 시도로 여긴다. 대도시로 변모한 파리의 온갖 풍경
들, 미추선악의 통념을 고스란히 뒤흔드는 이상한 흥분이나 기
이한 감정을 보들레르가 산문시라는 이름으로 담아낼 때, 이
또한 철저한 기획의 산물이었다. 시가 자연의 광대함과 신비에
젖어 있을 때조차, 늘 인간을 생각하고, 어떤 방식으로든 인간
의 모습, 그러니까 광대함이나 신비를 걷어낸, 비루한 모습을
거기에 포개어놓는 일을 보들레르의 산문시가 제 모토로 삼았
다는 사실을 모르지 않을 것이다. 그러니까 군이 보들레르와의
연관성을 언급할 필요는 없지만, 산문시의 필연성은 확인이 된
셈이다. 자연을 등지고 일상으로 뛰어드는 데 산문시는 일종의
알리바이인가?

최정례 자연이라는 말이 나왔으니 한마디 하겠다. 우리 시에서는 자연을 이상화하고 신격화하는 경향이 있다. 이와 같은 관습은 대다수의 시를 상투적으로 만드는 데 결정적인 역할을 한다고 생각한다. 자연은 사실 아무런 생각이 없는데, 시인들이 자연에게 과도하게 자기감정을 부여하는 것이다. 자연을 객관화하기는커녕, 자연을 주관적으로 해석하여 지배하려고 한다. 나는 이런 경향에 크고 작은 불만이 있었다. 대상을 어떻게 바라봐야 하는가, 주체와 관련되어 대상은 과연 무엇인가, 이것이 우리 한국시가 고민해야 할 중요한 문제라고 생각해왔다. 예를 들어, 시를 "관념이 아닌 사물 그 자체로" 바라봐야 한다고 주장했던 월리스 스티븐스(Wallace Stevens)의 사물과 자연을 향하는 시선은 내게 시사하는 바가 컸다. 앞서 시가 자연을 등지고 일상으로 뛰어든다고 말했는데, 나는 그럼에도 그것이 커다란 시적 모험이라는 생각은 별도로 하지 않았고, 그냥 썼을 뿐이다. 다만 맨 처음 산문시를 쓰기 시작할 때, 이렇게 써도 시가 될까 하는 두려움은 갖고 있었다.

조재룡 자연에서 일상으로 넘어가는 과정이 다만 월리스 스티븐스와 같은 시인에게서 받은 어떤 감동이나 힌트 때문만은 아니었을 거라고 생각한다. 이 외에도 어떤 계기가 있었나?

최정례 그러다가 우연히 접하게 된 영미권의 산문시들을 읽다가 번역을 하고 싶은 마음이 생기는 거였다. 번역을 계기로 내 속에 있던 벽을 허물게 되었던 것 같다. 지금까지 쓰던 방식과는 다르게 써야겠다는 생각은 늘 있었다. 적어도 시니까 산문과 어떤 차이를 두어야 할지 고민을 하게 되었다. 마음속에 일어나는 파도와 같은 것을 차오르는 이미지로 내보이거나 자연스런 이야기를 통해 풀어내고 싶었다. 음악적 리듬, 운문의 행갈이, 운문성이 강한 어휘 같은 것에 단순하게 휘둘리는 게 아니라, 낯설고도 상이한 배치를 통해 시를 새롭게 구성해보자 하는 생각을 전부터 갖고 있었다. 이런 맥락 속에서 보자면, 산문시는 아니지만 시집 『레바논 감정』 속의 「그녀의 입술은 따스하고 당신의 것은 차거든」 같은 작품이 이런 생각을 반영한 결과라고 할 수 있겠다. 물론 그렇게 해봤자 내가 최초에 생각했던 것 이상으로 멀리는 나아가지 못할 것 같은 마음이 들기도 했다. 그래서인지 계속해서 제자리로 되돌아왔고, 이러한 과정이 자주 반복되었다. 이미 내 안에 깊숙이 각인되어 있는 기승전결 같은 통념에 대한 반발심 같은 것 말이다. 이 통념은 교육의 강압적 산물일 텐데, 그게 내 안에서도 폭력적으로 작용하고 있었다. '늘 시의 마지막 부분이 문제인데 자유롭게 열어놓은 채 끝내면, 왜 그 결로는 시가 되지 않을까', '왜 기승전결을 고집해야 하지' 같은 반발심도 생기고, 그러다 보니 어떤 때는 마무리가 너무 싱겁게 끝나게 되기도 하여, 그게 너무 허술한 건 아닌가 하는 걱정도 한편으로 생겨났다. 독자들이 익숙하지 않은 이런 형태의 시를 어떻게 봐줄까 하는 초조함도 있었다. 늘 마지막은 어떻게 달아나야 하나, 혹은 어떻게 열어놓아야 하나가 쓸 때마다 가장 어려운 부분이다.

조재룡 영어권 시를 우리말로 번역하고 있다고 했는데, 그 이야기를 잠시 들려달라.

최정례 2006년 한국문학번역원 지원으로 미국 아이오와에 다녀왔다. 미국은 처음이었다. 이 작은 도시에서 문학과 시가 최대의 관심사가 된다는 사실이 신기했다. 우연히 강변을 산책하는 노인들의 대화를 엿듣게 되었는데, 그 내용도 시에 관한 것이었다. 놀라웠다. 영어에 익숙하지 않은 상태였지만, 하루하루가 나에게는 신선한 충격이었다. 일주일에 두세 번씩 이어지는 독회에 빠짐없이 참석했었는데, 그중 잊을 수 없었던 것은 시인 제임스 테이트(James Tate)의 낭독회였다. 강당을 가득 채우고도 자리가 모자라 복도까지 나와 앉은 청중들의 열기가 대단했다. 이뿐만 아니었다. 그가 시를 읽어나가면 듣는 청중들은 깔깔대며 웃기도 하는 것이었다. 국내에서 경험한 낭독회와 전혀 다른 낯선 분위기였다. 하지만 외국어로 듣기만 해서는 무슨 소린지 이해할 수 없었다. 숙소에 돌아와 찬찬히 그의 시를 다시 읽어보니 그제야 청중들이 왜 그랬는지 이해할 수 있었다. 그의 시가 바로 산문시였고, 유머와 해학이 넘쳤으며, 엉뚱한 이야기들로 점철되어 있었다. 그의 시를 통해서 미국인의 일상을 이해할 수 있었고, 더구나 그의 시는 비교적 이해하기 쉬운 문장들로 구성되어 있었다. 2011년부터 번역하기 시작했는데, 번역한 작품을 다시 볼 때마다 매번 수정을 하게 된다. 요즘 마지막이라고 생각하고 최종 교정을 보고 있는 중이다.

조재룡 제임스 테이트의 산문시가 유머와 해학이 넘치는 엉뚱한 이야기들로 점철되었다고 방금 말씀하셨다. 이는 산문시가 현실적인 시라는 말이기도 하다. 서정시가 기술복제시대를 맞이하여 운명을 다했다고 말했던 보들레르는, 오늘날 우리의 현실 상황과도 같다고 할, 저 진창 같은 당시 파리의 현실로 깊숙이 들어가면서, 과연 운문의 답답함을 벗어던졌고, 운문이 보장하던, 운문으로 보장되던 시적 정체성을 유머와 경이, 패러독스와 아이러니로 상쇄해나가면서, 서정적 감수성 대신 삶에서 벌어지는 현실의 이야기를 시적 사건으로 환원해내었고, 이러한 실험의 대가를 치르려고 했다고 해도 좋겠다. 비판을 감수하고 썼다는 말이다. "시인이 될 것, 심지어 산문으로도"라는 보들레르의 유명한 말이 이때 나왔다. 시적 변화의 과정을 들어보니, 최정례의 시집 전반을 다시 생각하게 된다. 여러 가지 물음들이 있을 수 있겠다. 예컨대, 커다란 창유리를 등지고 카페 구석에 앉아 누군가를 기다리는 순간을 이야기한 시가 있다. 그런데 기다림의 대상도 기다린 사람도 서로를 몰라봐 결국 아무도 기다리지 않은 꼴이거나 단순한 착각만을 확인하는 형국이라면(「흔들리다」), 이야기의 핵심은 벌써 다른 곳에 있을 것이며, 시가 이야기를 끌어안은 이유는 다른 데서 찾아야 할 것이다. 이야기와 시, 이 양자의 조화가 어떻게 가능할 것이라 생각했는가?

최정례 사실 절차탁마를 구실로 한 글자 한 글자 새기고 깎아나가다가 일상용어와 멀어져가는 말들, 비문을 감수하면서까지 구절을 일부러 비튼다거나, 의미를 애써 등지고 쓰이는 시를 나는 잘 읽어내지 못한다. 우리는 사실, 시를 운율적 요소를 중심으로 읽어오지 않았다. 오히려 의미를 중심으로 읽어왔다고 해야 할 것 같다. 우리 시에서 말의 자

연스런 의미의 흐름을 저버리고 시가 제 힘을 발휘하기는 쉽지 않다
는 것이 시에 대한 나의 기본적인 입장이다. 그래서 나는 다듬지 않은
거친 단어들로 문장과 문장이 이어진다 할지라도, 의미를 뚜렷이 드
러내고 그 흐름에 자신을 내맡길 수 있는 시를 선호하는 편이다. 그렇
다고 해서 단순한 이야기가 곧 시가 된다는 말은 아니다. 앞에서 말한
바처럼, 행간이 머금고 있는 무언가를 포착해야 한다는 기존의 방식
에서 벗어나, 정황과 정황 사이에 공동의 지대를 마련해놓고, 거기에
이야기를 풀어놓으면 어떨까 하는 생각을 해봤다. 그렇게 빙빙 돌면
서 전혀 상관이 없을 것 같은 다른 시간의 이야기, 다른 장소의 이야기
들을 끌고 나가다 보면 어느새 전달하기 어려웠던 심정이나 나 자신
도 모르고 있던 생각의 핵심에 가닿게 되는 경우를 만나기도 했다.

조재룡 운문과의 관계를 좀 더 짚고 넘어가고 싶다. 시집 『개천
은 용의 홈타운』 표제작이 「시간의 상자에서 꺼내어 시간의 가
장 귀한 보석을 감춰둘 곳은 어디인가?」이다. 셰익스피어의
「소네트 65」에서 제목을 차용해왔다고 스스로 밝히기도 했다.
시행 하나, 그것도 정형시, 즉 운문의 한 행을 차용해, 산문으로
활용한 것 역시, 시집 전반의 기획과도 어느 정도 상통한다고
생각해서인지 예사롭지 않게 읽힌다. 산문시는 결국 운문에 대
한 비판적 사유에서 비롯될 수밖에 없다. 이번 시집에 대해 이
수명 시인은 "시의 호흡이 보증해주는 회복력, 탄성, 구심력 같
은 것들을 넘어서려" 한다고 말했는데, 이는 다분히 운문과의
다툼을 경유하지 않고서 산문시가 성립할 수 없다는 말이기도

하다. 운문을 버렸다고 생각하나? 이에 관해서 몇 마디 들려주기 바란다.

최정례 셰익스피어의 「소네트 65」는 음악성이 뚜렷한 시로 기억한다. 하지만 이 시를 영어로 읽을 때, 외국인의 입장에서, 그 리듬감을 정확히 감지해내기란 쉬운 일은 아니다. 그래서 종종 외국어로 된 시를 읽거나 번역시들을 읽을 때조차 나는 주로 그 의미만을 감지하게 된다. 운문시의 한 행을 제목으로 차용하여 산문시의 첫 장을 시작했다고 지적했는데, 사실 그것은 전적으로 우연이다.

조재룡 제목을 운문으로 달았다. 본문은? 본문은 그렇다면 제목으로 달린 운문을 풀어내었다는 것은 아닌가? 운문을 이야기 형태로 전환하는 과정, 그 과정 자체에 산문시의 특성 중 하나가 자리한다. 산문시는 운문의 압축성을 풀어내는 절차로 자신의 몸통을 만들어낸다. 이런 관점에서 이 작품이 산문시의 이념이랄까, 암튼 산문시의 특수성 같은 것을 실천하고 있는 것으로 보인다. 왜냐하면 운문과 산문시는 대립적인 관점에 놓여 있는 것이 아니라, 서로가 상보적인 관계로, 시적인 것을 찾아나가는 과정에서 운문이 산문시의 모태가 된다. 비유적으로 말하자면 산문시가 저류로 흐르다가 만나게 되는 우물이 바로 운문이라고 하겠다. 우연이라고 말했지만, 이번 시집은 다각도에서 운문과 산문의 관계, 산문시에 관한 논의를 이끌어내는 시집이기도 하다.

<u>최정례</u> 이 시는 "시간의 상자에서 꺼내어 시간의 가장 귀한 보석을 감춰둘 곳"이라는 의미를 가늠해보다가 쓰게 된 것이다. 운문을 제목으로 단 것은 우연이었지만, 지적한 것처럼 운문과 산문, 아니 산문시 전반을 그렇게 볼 수도 있겠다는 생각이 든다. 다만 이 작품과 관련하여 시간에 관한 문제를 언급했는데, 그와 같은 문제는 첫 시집 후반부의 작품 「내가 한 잎 나뭇잎이었을 때」에서부터 늘 관심을 갖고 있던 것이었다. 다시 이 작품으로 돌아오자. "시간의 상자에서 꺼내어 시간의 가장 귀한 보석을 감춰둘 곳"이라니! 저 매료되지 않을 수 없는 셰익스피어의 구절이었기에 인용하였고, 본문은 바로 이 생각에서 착수되었다. 그러고 보니 제목을 본문에서 이야기로 풀었다는 지적은 적확한 거 같다. 또한 시간의 근원과 시간의 꿈 같은 것을 생각하는 버릇은 처음 시를 쓰기 시작한 시절부터 생겨났던 것 같다.

3. 시간과 꿈, 미완의 현실

<u>조재룡</u> 충분히 동의할 수 있다. 시인이 애초에 인식했던 시간 개념이 추상적이었다면 이 작품에서는 보다 현실적인 시간에 집중하고 있기에, 오히려 중요한 지점을 알려주는 것 같다. 예를 들어 "지금 흐르는 이 시간은 한때 어떤 시간의 꿈이었을 거야. 지금 나는 그 흐르는 꿈에 실려 가면서 엎드려 뭔가를 쓰고 있어. 곤죽이 돼가고 있어 시간의 원천, 그 시간의 처음이 샘솟으며 꾸었던 꿈이 흐르고 있어. 지금도, 앞으로도 영원히."라고 말하지

않았나? 시간의 현실적 재현과 시간이 꾸는 지금-여기의 꿈을 담아내기 위해, 이야기의 형식을 취해왔다고 말해도 좋은가?

<u>최정례</u> 시간과 기억에 관한 질문이라면, 내 첫 번째와 두 번째 시집으로 잠시 돌아가 이야기를 나눠야 할 것 같다.

<u>조재룡</u> 옳은 말이다. 인터뷰 준비하며 첫 시집부터 다시 읽어보았다. 시간 개념을 중심으로 다시 살펴보면 시인의 시적 현재성이랄까, 일목요연하게 관통하고 있는 주제 의식이 보다 명료하게 드러난다. 『개천은 용의 홈타운』에서 출발하여 거꾸로 올라가보니, 오히려 변화의 각도가 조금 더 잘 보이는 것 같다. 수시로 변하는 현실 속에서 '영원한 시간'의 발견은 최정례 시에서 가장 돋보이는, 가령 첫 시집 『내 귓속의 장대나무 숲』에서 가장 공들였던 주제는 아닌가?

180년 전 그로부터 다시 200년 전
내가 한 잎 나뭇잎으로 흔들릴 때
본 것 같았다 들은 것 같았다
푸르렀던 것 갑자기 시들어지고
문득 영원한 휴일이 오고
뜻도 없이 침몰하는 배 한 척
오늘 이 순간에 타고 있는 이상한 나를 본 것만 같았다
—「내가 한 잎 나뭇잎이었을 때」 부분

수상시인 인터뷰

이 '영원한 시간'은 이제 어디에 있는가? 왜 꿈에서만 그 시간을 되살릴 수 있다고 말했던 것인가? 아니, 이런 물음도 생겨난다. 사실 두 번째 시집 『햇빛 속에 호랑이』에서도 최정례에게 시간은 벌써 현실적인 시간이 아니었다. 갈 수 없는 시간, 꿈에나 존재할 시간, 그래서 명료한 시간은 아니었지만, 삶에서 벗어나거나 잠시 이탈하여 추구해나가야 할 시적 시간이기도 했다. 그것은 차라리 "오래전의 꿈"과 같은 시간, "어디 먼 다른 생의 끝장면이 내 몸에 찍혀버린"(「끝장면」)것과도 같은 시간이었을 것이라고 생각한다. 그렇게 이 영원한 시간 속에서, 현실은 호락호락하지 않았다고 해야 할까? 시간은 오히려 '비존재의 존재'를 찾아 나선 미지의 장소였지, 최정례에겐 일상적이고 평범한 공간에서 주어지는 것은 아니었다. "그 후로 길은 길이란 길은 다 멀고 캄캄했습니다"(「끝장면」)라고 말한 까닭이 혹시 여기에 있지 않을까? 『붉은 밭』에서도 시간이 현실 속에서 오롯이 제 경험을 가지고 살아간 적은 그다지 많지 않았다. 꿈속에서 연명하는 주관적이고 고통스런 시간이라면 모를까, 혹 기억을 통해 반추되는 추상적이고 아마득한 시간, 결국 도래를 꿈꾸는 그런 요원한 시간이라면 모를까, 명료하게 지금-여기를 활보하는 객관적 시간은, 최정례의 시를 통해 우리 곁으로 걸어 들어오지 않았다고 조심스럽게 말해본다. "시간과 기억으로부터 관심을 돌릴 수가 없었"다고 말했지만, 또한, 매우 고집스레 시간으로 기억을, 기억으로 시간을 봉합하려 해도 "기억 속에 시간은 조각조각 흩어져 있다"(「시인의 말」)고 고백한 것처럼, 과거의 시간으로 기억이 재구성되고, 미래의 시간으로 제 바람이 투영되는 순간을 증거하는 데 시가 집중하였다고 말하려고 한다. 그럴 때, 현재는, 현재라는 시간은, 궤도를 이탈하여, 어디론가 숨어버리거나, 현실의 지평 위로 떠오르지 않거나, 직진하는 흐름의 관성에서 이탈하고 미끄러질 뿐, 좀처럼 그 활동성이 반듯하게 재현되지 않았다. 이러한 변화에 대해 이야기를 좀 나누어야 할 것 같다.

최정례 시간을 중심으로 내 시의 흐름을 짚어낸 것에 동의한다. 지적한 내용들 대부분 맞는 말이다. 시를 처음 쓸 때에는 시간을 거슬러 오르는 불가능한 꿈, 그것이 곧 시인 줄 알았다. 그 조각난 기억의 파편 혹은 시간의 조각들을 이어 붙여 무언가, '존재의 의미' 같은 것을 구성할 수 있을 것 같다고 생각했다. 사실, 시를 쓰려고 정좌해 앉을 때마다, 버릇처럼 그러곤 했는데, 지금에서 돌아보면, 왜 그랬는지는 잘 모르겠다. 그러나 나는 내가 놓여 있는 현실을 바꿀 수 있다고는 감히 생각하지 못했다. 다만 현재의 나 자신을 이해하기 위해서는 기억의 파편들을 이어 붙여보거나 그 기억의 파편들 속에서 그 근원을 찾아야 한다고 여겼던 것 같다.

2006년 5월 『레바논 감정』을 출간했고, 그해 8월 우연한 계기로 미국을 가게 되었다. 일상성이 무엇인가, 라는 물음을 좀 더 구체적으로 품었던 것은 이때였던 것 같다. 어떤 이념이나 관념적인 추구보다도 일상이 더욱 중요하다는 사실을 서양 사람들이 사는 모습과 그들이 문학을 대하는 태도를 통해 알게 되었고 나의 일상도 되돌아보게 되었다. 지적한 것처럼 시간에 관한 복잡한 생각들이 차츰 이 일상이라는 물음과 연관을 맺게 된 것은 이즈음이 아닌가 한다.

조재룡 기억과 시간이라는 최정례 시의 가장 독창적이고 아름다운 주제는 이후 두 시집 『레바논 감정』과 『캥커루는 캥거루고 나는 나인데』에서는 사랑의 시간, 사랑의 기억으로 변주되어 나타난다. 물론 현실의, 일상의 시간은, 그럼에도 불구하고 일상성과 현실성을 맘껏 누렸다기보다, 일상과 현실 안에 거주하면서도, 늘 사랑이라는 최초의 기원, 저 사랑의 이데아의 조종을 받는 저기-너머의 기억이자 시간이었다. 왜 그랬나?

최정례 내가 꿈꾸었던 사랑을 이룰 수 있었더라면, 아마도 나는 시 같은 걸 쓰지 않았을지도 모른다. 내게 시는 이루지 못한 것을 실현해주는 하나의 방편일 수도 있겠다는 생각을 했다. 그러니까 내게 있어서 시는 이루지 못한 어떤 것(사랑이라고 불러도 좋다)이고, 닿을 수 없는 지대였으며, 두 시집에서 이러한 면모가 많이 드러났다고 한다면, 어쩌면 당연한 것이 아닌가.

조재룡 시인이 직접 제 몸과 영혼, 제 삶을 걸고 투신하며 들려준 소소한 이야기에서 나는 이 세상에 소멸되지 않는 사랑도 있다는 걸 어렴풋이 짐작했던 경험이 있다. 좀처럼 잊어버리고 싶지 '않은' 사랑, 거부하고 부정해도 꾸역꾸역 찾아오는 것들로 썼다는 것인가? 어떤 존재나 사물이 영원히 간직된다는 것은, 내가 어디에 있어도, 내가 어떤 상황에 처해도, 나의 머릿속을 오롯이 장악하고 입속에서 항상 웅얼거린다는 것인데, 이 두 시집에서는 이러한 지점을 발화하는 데 좀 더 집중했던 것은 아닌가? 다가갈 수 없는 존재를 기록하고자 노력하는 사람, 이 세계에서 우리가 미처 쓰지 못한 말을 기필코 적어내려는 사람이 시인이라면, 이 시기 최정례의 시는 이러한 부분을 잘 보여주었다고 해도 좋겠다. 이때를 기점으로 인칭의 운용에서도 자그마한 변화가 나타나는데, 이인칭이나 삼인칭이 시에서 고삐를 잡고 언술 전반을 이끌어가기 시작했다는 것이다. 그렇다 해도 결국 일인칭의 시점에서 동작주와 행위 대상 전반을 담아낸 것이니, 엄밀히 말하자면, '일인칭화 된 이인칭이나 삼인칭의 시'라고 할 수 있겠다. 여기에 이유가 없다고 하기는 어려울 듯하다.

<u>최정례</u> 그 말을 듣고 보니 시간의 기원이 곧 사랑의 이데아와 다를 바가 없는 것 같다. 시간의 기원이나 사랑의 이데아는 현실을 훼손하지 않고 우리 일상에서 텅 빈 부분, 그 공동을 채워주는 듯한 착각을 불러일으키기 때문이 아닐까 싶다. 그러면서 어느덧 25년이나 시를 생각하며 살아왔다. 늘 반복되는 이야기, 동일하다고 할 주제를 향해 마냥 기어오를 수만은 없는 것 아닌가? 백지 위에서 발화되는 말의 날카로움에 기대어, 혹은 그 효과로 덕을 보는 일에 한계가 왔다고도 할 수 있을 것 같다. 시를 향한 두려움이 사라지니, 긴장이 풀어져서 자유롭게 자신을 방임해버리고 싶다는 생각도 들었다. 그래서인지 어느 순

간 정말 자유롭게 그리고 자연스럽게 남의 이야기를 통해서 내가 하고 싶은 말을 할 수도 있겠다는 생각을 했다. 내게 갇혀 있던 말은 남의 이야기를 통해 보다 자유로워질 수 있다. 그래서 지적한 것처럼, 인칭의 변화가 찾아온 것인지도 모르겠다.

4. 일상 속으로 자진해서 입사하기

조재룡 시가 생활로 들어간다는 것은 사실 쉽지 않은 일인 것 같다. 등단한 지 25년 정도 되지 않았나? 흔히들 이렇게 말한다. 첫 시집보다 두 번째 시집이 훨씬 어렵다. 이 말은 시가 갱신의 말, 변화의 요로에 놓여 있는 인식의 산물이라는 것인데, 그래서 시인이 대여섯 권 정도 시집을 상재했다는 이야기를 들을 때면, 그 과정이 얼마나 힘들었을까, 무엇보다도 우선, 이런 생각이 가장 먼저 떠오르게 된다. 시는 고통과 상처의 말이기 때문이다. 첫 시집 이후 어떤 변화와 그 흐름을 살펴본 지금, 『개천은 용의 홈타운』과 함께 시인은 일상의 문 앞에 당도해 있다. 어떻게 생각하나?

최정례 나는 시에서 고통이나 상처를 과장하고 싶지 않았다. 단지 시를 쓰면서 내 말에 책임져야 한다고는 생각해왔다. 고통이나 상처가 있다면, 그것을 시에서 직시하면서 객관화하고 싶었다. 이런 것들을 유머로 받아넘기면 어떨까 했다. 지금에서 돌이켜보면, 제일 힘들었던 것은 역시 첫 시집이었다. 내가 쓴 것들이 시가 되는지 아닌지 정말로 자신이 없었기 때문인데, 감상적인 말들을 싫어했으면서도, 감상을 벗어나서 그 말들이 시가 되는 길을 그때는 잘 몰랐다. 첫 시집 출간이 결정된 다음에도, 계속해서 원고를 고쳤다. 자신이 없어서 그랬던 거다. 정작 시집을 출간하고 나서도 내 시가 말이 안 된다고 생각했다. 또한 주목하는 사람도 거의 없었다. 다만 첫 시집의 후반부를 쓸 즈음, 앞으로 갈 길이 어렴풋이 보이는 것도 같았다. 혹은 나 자신이 무엇인지 정확하게 인식하지 못한 채 써놓은 내 시를 보면서 거꾸로 나 자신을 파악하기도 했다.

'일상의 문 앞에 당도해 있다'는 말을 들으니, 생각나는 게 있다. 우디 앨런의 영화를 좋아한다. 우디 앨런은 이상하게 미친 사람이다. 그의 영화를 보면 우선 황당함과 말도 안 되는 우연이 우리의 일상을 지배하고 있다는 생각을 품게 된다. 〈매치 포인트〉라는 영화를 잊을 수가 없다. 우리 인생은 인과응보의 소산이 아니다. 이 영화에서 우디 앨런은 우연한 것들이 운명을 좌우한다는 메시지를 우리에게 건넨다. 테니스공이 어디로 떨어지는가에 따라, 즉 공이 네트를 건드리는 찰나, 이 공은 이쪽에 떨어질 수도 있고 저쪽으로 떨어질 수도 있다. 내 편이 될 수도 있고 저쪽 편이 될 수도 있다. 이것들이 우리 운명을 좌우하고 일상을 지배한다. 우디 앨런은 우리의 운명이 이런 방식으로 결정된다는 사실을 우스꽝스럽게 보여준다. 일상은 지루하지만 평면적인 것은 아니다. 일상은 그 안에 우연을 잔뜩 머금고 있다. 일상이야말로 예기치 못한 경험으로써 시의 힘을 발휘하게 하는 발판인 것이다.

조재룡 우디 앨런의 다른 영화에도 이와 같은 주제가 많이 등장한다. 그러고 보니 갑자기 〈애니 홀〉이나 〈맨해튼〉이 생각난다. 우연과 아이러니를 숙명처럼 그릴 줄 아는 사람이다. 가장 고유한 방식의 우디 앨런식 유머가 여기서 나온다. 다시 시로 돌아가자.

상당수의 시인들이 어느 정도, 시심과 시상을 알고 제 시의 문법을 확보했다고 할 만한 경지에 이르게 되면, 시인들은 자주 먼 곳으로 달아나려 하는 경우를 종종 보았다. 시를 추상과 자연, 상징과 관념의 세계에 안착한 사변적인 세계, 항구적이고 변하지 않을 삶의 진리, 아주 맑고 투명해서, 간결해서, 그래서 자기 연배에 할 수 있다고, 해야 한다고 여기는 어떤 추체험의 산물로 여기는 것들을 자주 보게 된다. 그런데 최정례 시인은 그런 길로 가지 않는다. '거꾸로' 라고 말해도 좋을지 모르겠으나, 몇 년 전부터 시인은, 수시로 바닥으로 주저앉고, 아래로 하강하고, 골목과 골목을 돌아다니고, 지하철 역전을 헤매다 장갑을 잃어버리고, 정말 개천과도 같은 세상에서, 그곳의 감정들에 눈길을 주더란 말이다. 이건 사실 대단한 용기나 각성의 산물이라기보다, 시와 삶을 밀착시키려는, 그렇게 현실이라는 말로밖에 표현할 수 없는 온갖 잡스럽고 자잘하고, 지저분하면서도 남루한 곳, 바로 우리가 살고 있는 지금-여기를 시가 끌어안는다는 것을 말하는 것이다. 이런 길을 택했다는 사실이 좀 경이롭게 느껴지기도 하고, 그래서 최정례 시인이 좀 멋있다는 생각도 해본다. 시인은 그러니까 어디를 가건, 어떤 경험을 하건, 현실의 시인인 거다. 이 태도는 시적 윤리와 맞물려 있다. 그 과정에서 삶의 굴곡과 감정들, 비애와 희망과 절망을 거기에 부합하는 말로, 때론 날렵하게, 때론 우둔하게, 때론 교묘하게, 모든 걸 제 편으로 돌려놓는구나, 이런 생각을 하게 된다.

최정례 나는 원래 관념적인 용어들로 이루어진 글을 이해하지 못하는 인간인 것 같다. 관념어로 채워진 철학책들을 읽어내지 못하며, 좋아하지도 않는다. 그러니 자연스레, 구체적인 예를 통해 삶 전반을 이해하는 것이 나에게는 훨씬 쉬운 일이다. 시도 마찬가지다. 내 몸 가까이에 있는 일상에서 소재를 찾을 수밖에 없다. 매일매일의 삶, 일상이라는 것이 거창한 이념이나 철학보다 훨씬 더 중요하다고 생각한다. 거리의 구석구석에 붙어 있는 플래카드를 볼때마다, 실천하지도 못할, 더구나 실현이 불가능한 말들이 우리 일상을 가득 채우고 있다는 생각에 벌컥 화가 날 때가 있다. 일상이 중요하다는 사실을 잊고 있기 때문에 이런 현상이 자주 목격되는 것은 아닐까. "현실의 시인"이라는 말을 들어서 매우 기쁘다. 칭찬으로 들어도 좋겠나. 시집을 좋게 봐주어서, 내 시를 세세히 살펴주어 정말 고맙다. 그런데 이 말을 들으니 앞으로 내가 가야 할 길이 까마득하기만 하다. 용기를 주어서 고맙다. 어쨌든 가야지 별수 있겠나?

조재룡 거침없이 가기를 바란다. 유난히 시를 쓴다는 사실에 대한 자의식이 근간의 시에서 많이 표출되었다고 하겠다. 인터뷰를 마무리 하면서 다시 한 번 이 시를 읽어보고 싶었다. 향후 계획을 잠시 말해주어도 좋겠다.

그나저나 나는 시 같은 걸 쓴다. 별로다. 나는 시 같은 걸 쓰지 않는다. 그
것도 별로다. 한밤중이다. 그건 괜찮다. 바위틈으로 기어들어 부풀리고 굳
어져서 아무도 꺼내지 못하게 할 테다. 그러나 다시 내장 빼앗기고 반으로
잘려 던져지는 해삼의 밤이다. 믿는 도끼가 발등을 찍고 찍는 밤이다. 간
이고 창자고 쏟아놓고 기다려주마. 이 내장 삭아 젓갈 되면 그 아득한 맛
에 헤어나지 못할까. 헤이, 미식가 여러분, 세상이 한판에 녹아내릴까.
　　　　　　　　　　　　　　　　　—「해삼내장젓갈」 부분

최정례 이전에는 그런 말들을 자제했었는데 이번 시집에는 왜 그랬는
지 나도 잘 모르겠다. 전에는 시를 쓰며 산다는 게 좀 미안하기도 하고
겸연쩍다는 생각을 했다. 밥값도 못하고 놀고먹는 게 아닌가 싶어 쓸
데없는 부지런을 떨기도 했다. 시 쓰기는 우리 삶에 실질적으로 도움
이 되는 구체적 산물을 생산하는 일이 아니다. 그런데 나는 시집을 여
섯 권이나 내었다. 밥값을 하지는 못하지만 그래도 뭔가 하기는 한다
는 생각을 하게 되었다. 그러지 않을 수가 없었다. 여기까지 왔으니 이
제 별수가 없다. 억지로 생각해보았다. 시가 할 수 있는 중요한 일 중
에 하나는 우리로 하여금 다른 생각을 하게 만든다는 것이다. 나 자신
이 먼저 다른 생각을 해야 하고, 다른 이에게도 다른 생각을 하게 함으
로써, 우리가 놓여 있는 이 세계를 다시 보게 하고 다시 생각하게 하는
역할, 이것이 시가 수행해야 하는 일이 아닌가. 이제야 시를 쓰는 내
일을 스스로 인정하게 된 것이라고 해야 할까? 지적한 것처럼, 이번

시집에 유독, 시 같은 걸 하나 써야 한다는 둥, 들어줄 사람은 들을 생각도 없는데 나는 왜 이러는 것일까, 등등의 헛소리를 한 것은 바로 이런 생각의 변화를 반영하는 것이 아닐까.

시인과의 인터뷰가 모두 끝났다. 그는 지금도 흐르고 있는 저 개천의, 개천이라는 일상에서, 질퍽한 세계에서, 날아오를 "용"을 꿈꾸는 제 글을 멈추지 않을 것이다. 우리는 안다. 용이 하늘로 나는 일은 결코 없다는 사실을. 우리는 또 안다. 용이 하늘로 날지 못한다는 사실을. 마찬가지로 우리는 알게 될 것이다. 하늘이 아니라 개천을 제 거처로 삼아, 하루하루를 "꿈땜"으로, 시인은 삶의 구멍을 메우고 또 메우려 한다는 사실을. 시인은 그럴 수밖에 없는 자신을 너무나 잘 알고 있는 것 같다. 하루하루가, 일상의 매 순간이 믿는 도끼가 되어 그의 발등을 찍고 또 찍을 것이다.

수상시인 인터뷰

제15회
미당문학상

최종후보작

김안

디아스포라

불가촉천민

불가촉천민

고백의 방

불가촉천민

불가촉천민

2004년 월간 《현대시》로 등단했다.
시집 『오빠생각』 『미제레레』가 있다.
김구용시문학상을 수상했다.

디아스포라

어머니, 당신은 나의 말 바깥에 계십니다. 그곳의

생활은 어떻습니까? 이곳의 하루는 멀고 지옥은 언제나

불공평합니다. 어제까진 입을 벌리면 눈먼 벌레들

쏟아지더니 오늘은 모래뿐입니다. 나는 죽은 쥐의 가면을 쓴 채

부푼 살에 손을 넣고선 나의 오래된 방이 스스로 무너지기를 기

다립니다.

어머니, 당신은 나의 모어(母語)로는 쓸 수 없는 것들입니다.

꽃밭에는 꽃이 피었습니다. 꽃은 여전토록 아름답습니다. 무시

무시한 말입니다. 나는 쓸 수 없습니다. 저 꽃을 어떻게 죽여야 합

니까?

그러나 당신은 이토록 아름다운 붉은 꽃들을 토하며 어디에서

든 나타납니다.

어머니, 당신의 모국어는 너무나 낯설고, 매일이 사육제인 것처럼

나의 말 바깥에서 웅얼거리는 모국어의 서늘한 빛살이 간절하게

방 안으로 쏟아집니다. 하지만 이곳의 생활에도

나름의 규칙과 나름의 관계들이 있습니다. 매일 밤 나의 말을 받

아 적고 있는

또 한 명의 어머니는, 또 누구입니까? 내 말의 본향은, 어디입니

까? 나는 누구의 모어와

관계하고 있는 겁니까?

최종후보작

불가촉천민

구겨진 구두처럼 서투른 생활들로
아침이 오면 우리의 지붕은 붉게 녹슬어 있겠지

오늘 밤엔 물도 흐르지 않아
우리는 손을 잡고
서로의 구두 속에 고여 있던 물을 서로의 귓속에 부으며
아무런 소리도 들리지 않아
우리가 들었던 그 어떤 말도 기억나지 않을 때까지

아침이 오면 우리의 천장에 붉은 물 번지고
우리의 귀는 물로 가득 차고
우리 마주 보며 입을 벌리면
물고기들은 신나서 물 밖으로 도망쳐버리겠지

문틈과 창문 틈에 테이프를 바르고서
숨을 참으면 떠오르는 몸들인 양
우리는 물고기도 없이

우리의 감정들이 키우던 각진 돌멩이들을 가득 삼키고서

불가촉천민

각자가 지키고 있는 각자만의 거룩한 유지(有旨)들

그 순수들,

세상의 순수들,

순수란 이름의 절대들, 그리고

그 순수의 악마성이 키우는

진중한 개들, 개새끼들

모든 약속은 깨졌고 이미 환상은 바닥났는데

망각의 나무들 사이사이

'우리'라는 환상들, 환상을 향한 믿음들

언제쯤 끝이 날까, 이미 끝나 있던 것은 아닐까,

어린 시절 〈동물의 왕국〉에서 보았던 것 같던

죽은 새끼를 입에 물고 있어 말할 수 없는, 울 수 없는 어떤 사건들;

우리가 우리로부터 버린 말들, 버려야 했던 말들, 버려야 할 말들

마치 천사들의 이름 같구나,

외워지지 않는 혁명사의 연도와 목 잘린 이들

우리라는 악령, 악령의 수난사들

이해하고 싶은 만큼의 선과 악들로 구별된

각자의 거룩한 진실들

최종후보작

여전히 나를 길들이는 여죄들이
곧 닥쳐올 우리의 패배를 향하고—

당신은 기어이 당신의 말을 살아낼 수 없습니다
당신은 말의 불가능함들 가운데 있습니다 거룩한 재앙이 번져
나갑니다
참람하게 적나라한 구원이

고백의 방

이 고백은 잿더미처럼

마을에서 뿌리 뽑혀 태워진 귀신 들린 나무처럼

밤새

검은 나무 속에서 울던 순한 몸들의 뒤엉킴처럼

뒤엉킨 몸들이 짜내는 황금빛 물처럼

꺼져가는 촛불처럼

기도가 끝나고 나서야

울음이 시작되고 방언이 터지고 죄를 읊고 죄를 짓고

누구도 나의 신앙을 믿지 않던 시절부터

이 고백은 시작되었고

모두가 벌거벗은 마을처럼 마음들처럼

마음만 먹으면 유령이 되던 시절들

마음만 먹으면

온몸이 수천 개의 방이 되던 시절들

수천 개의 방으로 도망 다니던

이 고백은

서로 뒤엉킨 채로

서로 부끄러운 채로

서로의 나뭇가지에 순결한 물고기를 매달던

이 고백은

처음 들은 노래로 인해 금지되었던 감정들이 해방되던 순간처럼

하지만 그 순간에조차 난 이단이었음을

누가 이 고백을 애도하지?

실은 함께였을 때,

이 방이 무너졌었다는 것을 알고 있습니다.

하지만 여전히

모든 기적들은 이 방에서부터 시작됩니다.

이 방에서만 기적이 됩니다.

불가촉천민

모든 고백이 유령이 되고

모든 고백이 내 목을 조르다 사라지는 곳,

웅얼거림으로만 가득한 세계여,

나는 이 모든 악을 사랑할 수 있을까; 늙은 정치인들을, 기업가

들을, 나의 무능을.

사랑할 수 있을까,

사랑을, 사랑이라는 짐승을, 사랑의 패퇴를.

그렇게

강 바깥으로 걸어 나온 강은 어디로 흘러갈까.

강에 살던 것들은, 강을 파먹던 것들은

어디로 사라졌을까.

온종일 그네를 밀어주는 아이 없는 엄마들은, 눈먼 개와 산책

나온 노인들은, 외발자전거를 타는 아이들은, 비둘기와 십자가들

은, 지금 여기로 와야 할 사람들은 어디로 사라졌을까.

사라져버린 팔을 휘두르며,

사라져버린 우리를 만지고 할퀴고 사라진

당신을 때리다 보면, 쓰다듬다 보면

왜 이곳에는 죄인이 없을까.

최종후보작

왜 우리는 모조리 죄인인 것 같을까.
지난 다짐의 여죄(餘罪)들은
누가 감당할까.

김안

불가촉천민

우리와 상관없이,

늘 새로운 시대가 오고,

안녕하셨습니까, 이제 우리는 서로를 경멸하기 시작합니다.

우리라 불리는 이들과 상관없이, 우리의 죽음과 상관없이

애인의 배는 거룩한 재앙으로 부풀고,

배를 쓰다듬으며 애인은 웃고, 가늘고 기다란 불행의 팔을

휘두르며 옆집 사내는 온종일 골목 입구에 서서 찬송가를 부릅

니다.

서로의 피가 아직 서로의 발을 적시지 않았으므로

피와 함께

그림자와 함께

새로운 시대는 신성해지고, 신성하게 기생하고,

그리고

그조차도 망각하겠죠.

그리고

사람들은 언제나 더 나은 태양 아래에 서 있습니다.

우리는 우리와는 상관없이

안녕히,

최종후보작

김안의 시는 지옥도와 같은 장면을 보여준다. 후보작들을 읽고 나면 전쟁과 역병이 휩쓴 중세의 어느 마을을 통과한 기분이 들 정도다. 살과 피가 썩는 장면은 예사다. 비탄에 빠진 사람들이 유령처럼 돌아다닌다.

그의 시는 기이하고 섬뜩하다. 우리는 이것을 인간적 삶을 유지하는 일이 쉽지 않은 우리 시대에 대한 암시로 읽을 수 있다. 김안의 시는 관념적이라는 인상을 줄지 모른다. 그러나 그것은 그저 부조리한 말들을 모아놓아서가 아니라 자신이 속해 살아가는 '고통스러운 세계'를 어떻게든 책임지려 하기 때문이다.

현실적인 힘을 갖지 못한 시인은 어떻게 그 책임을 다할 수 있을까. 오직 하나, 기도가 있을 뿐이라고 김안은 말하는 것 같다. 그는 신을 향해 탄원한다. 자비를 베푸소서. 부디 우리를 굽어 살피소서. 그러나 기도를 하는 순간에도 그는 자신의 언어가 무기력한 혼잣말 같다는 합리적 의심에 사로잡힌다. 그 의심 때문에 절망하지만 절망은 더욱 간절한 기도로 이어진다. 그래서 그의 언어는 관념성이 강하고 허공에 뜬 말 같다.

시 잘 쓰는 시인은 많지만 김안처럼 자신의 언어로 세계를 책임지려는 사람은 많지 않다. 그 점이 예심 위원들의 마음을 움직였다. 그는 고통받는 현실주의자이지만 동시에 인간과 세계에 대한 연민으로 가득한 기도하는 시인이다.

— 박상수 · 시인

김이듬

호명

간주곡

표류하는 흑발

나는 춤춘다

무익한 천사

너의 심장

2001년 계간 《포에지》로 등단했다.
시집 『별 모양의 얼룩』 『명랑하라 팜 파탈』 『말할 수 없는 애인』 『베를린, 달렘의 노래』 『히스테리아』,
장편소설 『블러드 시스터즈』과 연구서적 『한국현대페미니즘 시연구』가 있다.
시와세계작품상, 22세기문학상, 김춘수시문학상 등을 수상했다.

호명

당신이 부르시면
사랑스런 당신의 음성이 내 귀에 들리면
한숨을 쉬며 나는 달아납니다

자꾸 말을 시켰죠
내 혀는 말랐는데

마당에서 키우던 개를 이웃집 개와 맞바꿉니다 그 개를 끌고 산
으로 가 엄나무에 매달았어요 마당에는 커다란 솥이 준비되었어
요 버둥거리던 개가 도망칩니다

이리 와 이리 와
느릿한 톤 불확실한 리듬

어딘가 숨었을 개가 주인을 향해 달려갑니다 자신을 이해하는
사람을 향해 사랑이라 믿는 걸까요 날 이해하는 사람은 나를 묶어
버립니다 호명의 피 냄새가 납니다

개 주인은 그 개를 다시 흥분한 사람들에게 넘깁니다 이번엔 맞
아 죽을 때까지 지켜봅니다

평상에서 서로 밀치고 당기는 사람들
비어가는 접시와 술잔
빈 개집 앞에 마른 밥 몇 숟가락

아버지는 나를 부르고 나는 지붕 위로 올라갑니다 옥수수 밭 너
머 신작로가 보입니다 흐르는 구름 너머 골짜기 개구리 소리밖에
없습니다 나는 아무것도 동경하지 않아요

당신이 부르시면
날개 달린 당신이 부르셔도

134   최종후보작

간주곡

어둠이 다시 퍼지면
너는 방에서 나온다
골목에서 기다릴게

저만치 네가 걸어오는 복도 내려오는
계단 불빛이 켜졌다가 꺼지는 동안
몇 개의 건반으로 만든 무한한 음악이

너와 걸으면 내 몸에서 리듬이 분비된다
느리고 평안하게
차가워져

마치 이 세상에 다시 올 것처럼
그때는 드러내어 사랑할 수 있을 듯이
몇 줄의 소리로 온 세계에 알릴 듯이

왜 넌 나를 선생님이라 부르는 거니

김이듬

밤의 카페에서 책에 홀린 너를
그 둘레를 감싼 따뜻하고 투명한 막을

마치 내 몸이 내 몸인 것처럼
마치 우주를 느끼는 것처럼
소름과 시름 따위 구름이라고 불러도 되는 것이다
썰렁하지

우리 사이에 흐르는 빙수
검은 건반 아래 새하얀 날의 살결

얼음이 녹기 전에
긁는다 숟가락은 왜
손가락이 아닌가 부딪친다
간신히 나는 희박하게 우리는 있다
스테인리스 드레스 팬시 성에 다이아몬드 결빙 만발한 정원
유리창 너머
손을 들어 흔드는 너

최종후보작

나는 간주된다 울리지 않는 전축
이 신음이 노래인 줄 모르고
마저 이 세상을 사랑할 것처럼

김이듬

표류하는 흑발

국자에 뻐끔한 쇠옹두리가 걸린다 꽤 곤 뼈에는 터널이 있다

굴다리 아래 애 업은 여자가 뛰고 있었다 포대기에서 두상이 떨어졌다 내게 굴러왔다 무심코 발로 차 강으로 보냈다 거지 여자는 미친년이었고 여전히 뛰고 있었다

아저씨네 앞마당에서 암소가 울었다 더 짧게 교복 치마를 접어 올렸다

뼈를 보내왔다 발신자 얼굴은 모른다 배 잡고 웃었다 앙상한 다리 부풀어 오른 배 위에 뱀 무늬로 터진 피부가 있다 우는 개구리 잡아먹고 싶다 어두워지기 직전에 여름이 있다

체질이 바뀌었다 사랑하는 엔트로피 과다한

바닥과 수평이 되면 두려움이 주는 매력에 사로잡힌다 사색은 예쁜 색

갓난애는 실금 많은 혼혈아 달 무늬보다 수평선보다 멀리 금을 그었다 그 애는 우유 나는 시리얼 함께 살 수 있었을까 잠재된 푸른 눈은 발아하고 다른 형상은 차차 장대한 망각으로 가기를

병원비만 내주세요 인터넷 거래는 쉬웠다 최소한의 지문도 찍지 않은 몸 핏기 없는 달덩이 싸매고 사라지는 젊은 부부 중요한 건 여담 아기바구니까지 차비 들 일 없다

마을의 모든 소가 구덩이를 향해 가고 구름을 보기 전에 폭우가 내리던 날 오오 보드라운 머릿결은 허벅지 사이에서 나타났다 사라졌다가 다시
목숨을 걸 만큼 재밌는 게 없을까 저건 뭘까 강물 속으로 걸어 들어간다
강 너머 흰 원 안으로 빨려 들어가는 둥그런 거

나는 춤춘다

나는 춤춥니다
춤추기 시작했어요
파도가 파고드는 검은 모래 위에서
아름다운 눈발은 전조였죠
폭우 속에서

우선 가슴을 옮깁니다 마음이 아니라 말캉하고 뾰족한
바로 그 젖가슴 말입니다
사람들은 항상 너무 일찍 감정을 가지죠* 다음으로
들린 발을 뒤로 보내는 겁니다

뒷걸음질이 중요합니다 나는 아직 스텝을 다 알지 못하고
몸을 잘 가눌 줄도 몰라요
내 몸은 내가 지탱해야 합니다 허벅지와 허벅지가 스치도록
발꿈치와 발꿈치가 스치도록 이동할 겁니다
모래에 뒤꿈치를 묻은 채 서 있지는 않을 거예요 멈춤과 정적을
좋아하지만
추종하지는 않아요 무한을 봐요 파도가 회오리치는

　　　　　　　　　　　　　　　최종후보작

수평선 너머에 시선을 두는 겁니다 눈을 내리깔지 마세요
당신이 오른쪽으로 움직일 때
나는 왼쪽으로 갑니다
당신이 당신 편에서 동쪽으로 갈 때 나는 나의 서편으로 심장을
밀고 가요

가슴 맞대고 춤추는 겁니다
마주 보지만 얼굴을 살피지는 말자는 겁니다
바다 바깥으로 해변 밖으로 나가라는 방송이 거듭될수록
서로의 어깨 깊숙이 손바닥을 붙이는 겁니다

이곳에 살기 위하여
피하고 흥분하고 싸우기도 하듯이
나는 춤추겠다는 겁니다
눈 감고 리듬을 느껴봅니다

당신이라는 유령, 다가오는 죽음을 인정하고 포옹하면서

김이듬   141

매순간의 나를 석방합니다

나는 춤을 춥니다

뒤로 가는 것처럼 보일 거예요

*릴케 『말테의 수기』 중에서.

최종후보작

무익한 천사

무릎이 없었다면 무엇을 안았을까 체온이 떨어지면서 비가 퍼붓는다 나는 혼자 입원하고 혼자 죽어 퇴원할 사람 옆으로 누워 쓴 글은 싣지 않는다 병마의 관할구역은 일평생이겠으나 한순간이 평생보다 길어서 나는 창가로 침상을 옮겨달라고 했다 보이는 건 북쪽 가막살나무 숲

나는 종일 누워서 음탕하고 나태한 생각에 사로잡힌 신과 같았는데
엎어놓은 밥그릇 아래 숨 막혀 죽은 벌레를 치우듯
나는 나를 관장하려 한다

천사가 왔다 학교가 너무 가까워서 매일 지각하던 친구 같다 어디선가 거의 무음에 가까운 채터링 로리 울음소리가 들렸다
"왜 이제 왔니? 찢어진 비닐봉지처럼 까마귀를 뒤집어쓰고, 이 변덕쟁이야"
"널 개량하고 괜찮은 걸 파종하자 가령 코르딜리네 씨앗 같은 거"
"그런데 어디서 왔어?"

"저 동산 죽은 나무에서 날아왔지"
"죽은 나무를 떠나도 되나?"

　붉은 발의 천사는 언제나 어딘가 아팠으므로 한순간은 어둠 속에서만 살아 있는 내장같이 너무 길게 느껴졌다 나는 일부러 길게 쓴다 끊어서 너의 편의를 봐주고 싶지 않아 엎드려서 책을 보면 뒤에서 목을 길게 늘어뜨리고 거북이들이 들어왔지만 동시에 즐길 수 있었지만 철 모형에 구두를 끼우고 쾅쾅 망치로 쳐대는 할아버지의 딸로 찾아가지 않는 신발처럼 많은 나날을 맨발의 천사로 살았다

　"우리가 만난 날이 오늘이 아니라 내일이었으면 좋았을 텐데"
친구는 엘리베이터를 타고 갔다 엘살바도르 커피를 마시고 싶다 적도 부근으로 간다면 적기가 있을까 네가 재밌어 할까 봐 얼른 끝내자 우리는 밤과 낮처럼 어긋나고 다음에 봐 너는 유월의 수국 동산으로 돌아가고 그러나 나는 병원 뒤에서 이월에 개장할 매화공원을 맴돌겠지

너의 심장

붙들지 마, 도로 가져가, 이제 와서 마음 담아 보냈다는 그 상자,
열어보기도 싫어.

마음이 무거운 건 마음이 없기 때문이다. 발이 무거운 것도 마
음이 없기 때문일까?

마음을 지닌 적도 있었다. 말하자면 마음이라는 선인장, 이봐,
이면지 좀 보겠니?

〈마음은 선인장〉

그가 이름을 짓자고 했다 우리가 데려올 고양이의 이름 개성적이면서 친
근감 있고 부르기 편한 이름으로 뭐가 있을까 종종 그는 나를 쓰다듬었다 애
완동물은 제 이름에 반응한다고 했다

새벽에도 이불 속처럼 깨끗한 얼굴로 카페에서 만났을 때도 나란히 밤의
고궁을 걸으면서도 나는 이름을 생각했다 보지 못한 고양이에게 어울릴 만
한 이름 선인장 이름과 외국 철학자의 이름을 찾아보았다

나는 순정이라 했고 그는 스테파니를 고집했다 애 이름 짓기보다 힘들었을걸

그날은 첫눈이 왔고 첫눈이 온다고 내가 전화했다 그가 말했다 이건 먼지야 그냥 먼지잖아

그는 선인장을 어떻게 쓰다듬어야 하는지 모르는 사람이었다 나는 연인보다 연인이라 부를 이름이 필요했을까 카페 이름에 끌려 지하에서 살다시피 하던 날들 오지 않을 내일의 날씨를 부를 수 없을 이름들을 괄호 없이 서둘러 받아 적었던 순간들

지금 곧 도착한다고 한다 그의 독일 아내와 함께 참석할 거란다 그가 오면 나 여기 없다고 해요 그가 오면 집도 없이 먼지처럼 떠돌고 있다고 이름도 바꿨다고 해요 그가 오면 후미진 나이트클럽에서 봤다고 해주세요 최선을 다하지 않더라고 해요 망사 슬립 입고 봉을 잡고 새까만 고양이처럼

구두 끌며 걸어간다 버릴 마음이 없어서, 미움도 과자도 없어서

최종후보작

부속가게에 간다. 혀, 허파, 위장, 껍데기도 파는 식당, 나는 연탄불 앞에 앉는다.

〈 아저씨! 심장 한 접시 주세요. 지방이 없고 꼬들꼬들한 걸로요.

나는 애무하는 심정이 된다. 심장에서 마음을 찾는다. 싱싱한 심장을 만져보고 날것으로 먹는다. 발바닥에 있나?

〈〈〈 여기, 족발하고 뒷덜미 살 좀 주세요.

동족을 뜯어 먹는 거 아냐? 옆 테이블에서 뚱뚱한 여자친구를 놀리는 남자애가 있다.

〈〈 같은 민족끼리 너무 달라.

〈 어떻게 강을 건넜어요?

북에서 온 시인과 탈북자 시 낭송대회장에서 심사를 본 봄날이었다. 그와 나는 세종문화회관 뒤편에서 막걸리도 마셨지. 나는 마음이 없어서 마음 놓고 취했다.

《 시에 관해 물어볼 게 있는데… 남한의 시는 이해가 안 돼. 큰 상 받았다는 걸 찾아보면 뭔 말인지 모르겠어.

심장이 활활 타고 있었다. 떨어뜨린 젓가락이 보이지 않았다. 발끝이 닿지 않는 곳으로, 내가 모르는 호젓한 곳으로 빠진 뾰족 한 마음이여!

그가 사형 집행에 관해, 자기가 북한에서 썼던 시와 시달렸던 고초에 대해 말할 때에도 나는 묵묵히 나는 염통을 먹었다. 뜨거 운 심장을 뜯어 먹어도 사상이 없고 마음을 되찾을 의욕도 없었기 때문에 과식했다.

강도 담장도 중앙선도 넘지 않는다. 지상에 마음이 없어서 단언 할 사상이 없어서 꼭 이것 때문만은 아닐 텐데 친화력도 없다. 내 몸 바로 너머에서 내 마음은 점멸하고 항상 길을 잃게 한다.

나는 마음과의 길항작용을 즐기지 않고 심장에 붙은 군더더기를 좋아하지 않는다. 북에서 온 남자는 자주 심장이 조여드는 걸 느낀다고 했다.

　내 마음은 사월의 물너울에 모란보다 일찍 시들었고 이것은 허황한 구실이고 나는 거의 완벽하게 그 모든 것을 잊었다.

김이듬의 시에는 천(千)의 얼굴이 들어 있는 듯하다. 작품의 주연들만 해도 어린 소녀, 임신한 여자, 사랑에 빠진 여자(남자), 사실상 죽은 사람 등이지만, 개별 작품들 안에서도 다중인격의 내부가 그렇듯 음색과 층위가 다른 목소리들이 경쟁한다.

그래서일까, 김이듬의 시는 서정적 풍경이 없지 않은 채로 어림잡기 어려울 만큼 까다로울 때가 많다. 거친 말과 비문을 두려워하지 않고 상념의 질주를 보이기도 한다. 이 시인은 세련된 표현이나 안온한 서정, 그리고 그것으로 얻어지는 시의 안정된 형식에는 큰 관심이 없는 듯하다. 착란의 기미가 배어나는 히스테리컬한 다변, 격렬하되 몽롱한 구어와 대화, 행간의 비약들을 방법적 정신분열이라 말해볼 수 있지 않을까. 화자라 알려진 인물의 통상적인 목소리를 중지시키고 어떤 낯선 목소리들이 얼굴을 드러낼 때 작품의 시적 긴장이 높아지는 듯하다.

이 분열적인 목소리는 세계를 낯설게 대면하게 되어 있는 인격 자체와 관련이 있을 것이다. 어린 시절의 분리불안이든 성숙기의 혼란이든 상처와 불행의 기억들이 시의 에너지원이 되는 것 같다. 주목할 것은, 이것을 시화(詩化)하는 과정에서 시인이 제 의식을 뒤로 물려 비우는 데 능숙하다는 점이다. 솔직하다고밖에 달리 말하기 어려운 이 수용력에 힘입어 고통스런 기억들은 혼란을 지닌 채로 시에 등장해 역동적인 무대를 연출한다. 그 결과로, 우리는 통속적이고 관능적이면서도 저항성을 잃지 않는 특이한 여성성을, 상식과 규범을 넘어 의문으로 들끓는 내면을 마주하게 된다.

최승자나 김언희가 투사라면 김이듬은 장사(壯士) 같다. 기질적으로 힘이 세다. 그녀는 쉼 없이 되는 말과 안 되는 말을 중얼거리고, 시에선 잘 소화될 것 같지 않은 체험과 심리와 사건들을 거침없이 끌고 들어온다. 이러한 개성이 그녀를 다른 여성 시인들과, 그리고 다른 시인들과 구별되는 자리에 놓이게 하는 듯하다.

— 이영광 · 시인

김행숙

1월 1일

잠들지 않는 귀

일순간

다른 전망대

폐가의 뜰

그러나

1999년 《현대문학》으로 등단했다.
시집 『사춘기』 『이별의 능력』 『타인의 의미』 『에코의 초상』이 있다.
노작문학상, 전봉건문학상을 수상했다.

1월 1일

공중으로 날아가는 풍선을 보면 신비롭습니다. 손바닥만 한 고무풍선에 공기를 모으면 점점 부푸는 것, 점점 얇아지는 것……꼭 잡고 있던 아이의 손을 놓치면 영영 잃어버리는 것……

추운 겨울밤 손바닥을 오므려서 그렇게 할 수 있다면……

길거리의 가난한 사람들이 지붕 위로 둥둥 떠오를 거예요. 이들은 언젠가부터 마음에 공기가 가득해진 사람들이었어요. 지붕 위에서 수레를 잃은 노점상과 지갑을 잃은 취객이 대화를 나누는 중이에요. 두 사람은 허공에서 잠시 얼어붙은 허깨비 같습니다. "어디로 가야 할지 도무지 발길이 떨어지지 않았습니다." "나는 집으로 가는 길을 모르겠습니다."

"형씨, 혹시 담배 가진 거 있습니까?" 추운 겨울밤 손바닥을 비벼서 불을 피울 수 있다면……

우리는 저마다 기다란 불꽃 같을 거예요. 우리가 감추는 꼬리처럼 공중으로 날아가는 재를 보면 오늘이 1월 1일 같습니다. 작년

김행숙

이맘때도 꼭 이랬어요. 그날도 나는 길에서 처음 보는 사람에게 구걸을 했어요. 아침에 본 거울처럼 그가 나를 슬프게 건너다보고 있었어요.

잠들지 않는 귀

1

안녕, 어느 여름날의 서늘한 그늘처럼 나는 네게 바짝 붙어 있는 귀야. 네가 세상모르게 잠들었을 때도 나는 너의 숨소리를 듣고, 너의 콧소리를 듣지. 네가 밤새 켜두는 TV에서 느닷없이 북한 아나운서의 억양이 높아졌어. 이 모든 것이 공기의 진동이야. 그리고 어디선가 종소리가 들렸어. 이런 밤중에 종을 치는 사람은 누굴까. 나는 너를 파도처럼 흔들어 깨우고 싶어.

2

어느 날은 늙은 어머니가 네 방으로 건너와서 40년 전 어느 젊은 여자의 어리석음에 대해 한탄했네. 여자는 아름다웠지만 아름다움을 자신에게 이롭게 사용할 줄 몰랐네. 잘 자라, 가엾은 아가야. 이 모든 것이 화살이란다. 너는 잠든 척했어. 나는 너의 숨소리를 듣고, 너의 숨죽인 비명을 듣고, 늙은 여자가 얼굴을 일그러뜨리며 우는 소리를 들어. 그날 나는 너의 침묵을 이해했지. 너는 나처럼 말을 하지 못하는구나. 이 모든 것이 그냥 지나가길 빌었어. 그리고 어느 날 그녀가 죽었어.

3

어디선가 제 가슴을 치는 사람이 있고 어디선가 제 주먹이 깨지도록 벽을 치는 사람이 있겠지. 내가 듣지 못하는 소리들이 어디선가 공기를 울리고 있어. 내게는 들리지 않는데 너에게는 들리는 소리들을 상상해. 네가 나를 게걸스럽게 잡아먹는 꿈을 꿔. 나는 너를 높은 파도처럼 집어삼키고 싶어. 수도꼭지에서 물방울이 뚝뚝 떨어져. 이 모든 것이 공기의 충돌이야. 이 모든 것이 행성의 충돌이야. 벽을 치는 사람에게는 벽에 세워두고 싶은 그, 그 사람이 있어 피부를 찢고 피가, 피가, 피가 났어. 이 모든 것이 파편이야.

4

또 어느 날은 네가 허공에 대고 혼잣말을 하고 있지. 혼자 하는 말은 혼자 하는 생각과 얼마만큼 비슷한 걸까. 나는 말벗이 될 수 없구나. 대신 비밀이 되어줄게. 나는 아무도 모르게 커져서 먼 훗날 너를 품에 안고 고요하게 폭발할게.

일순간

우주처럼 고요해진 사무실이다. 일순간 칸막이 책상에 한 개씩의 검은 머리를 떨어뜨리고, 사무원들은 몸에 마비가 찾아온 것처럼 보인다. 불시에 기억상실, 심장발작, 뇌출혈, 풍이 찾아온 몸 같은

그들은 영원히 알지 못할지니, 수의처럼 그들을 덮고 있는 빛을…… 매트릭스처럼 빛 속에서 초록빛 숫자들이 하염없이 떨어져내리는 것을……

이 정적은 그들이 한 번만 눈을 깜빡이면 얇은 얼음장처럼 깨질 것이다. 그렇다, 그것은 얇은 것이다. 한 번만 한 번만 눈을 깜박일 수 있다면…… 삶은 깊은 것, 그렇다, 우리는 삶에 깊이 빠질 것이다. 우리는 습관에 완전히 젖을 것이다.

그렇다, 우리는 즉각 계산을 속개해야 한다. 저 벽시계 안의 초침처럼 계산을 계산을 계속해야 한다. 손가락을 까딱까딱하자, 발밑에 얼음이 시시각각 깨지고, 하얀 면사포 같은 한낮의 꿈을 열어젖히며 너는 벌떡, 그들과 함께 의자에서 일어난다. 그 무엇이 우리를 놀래켰는가. 두리번거리자 사방에서, 세계 각국에서 전화벨이 무섭게 울리기 시작한다.

김행숙   157

다른 전망대

저 나뭇가지에 앉은 까마귀를 전망대라고 생각해봅시다.

다른 나뭇가지로 옮겨 앉은 까마귀를 다른 전망대라고 생각해봅시다.

당신의 나뭇가지가 부러지면, 당신의 전망대가 무너졌다고 탄식하기로 합시다.

한 그루 나무가 뿌리째 뽑히면, 얼마나 많은 눈동자들이 한꺼번에 눈을 감았는지 온 세상이 다 캄캄해졌습니다.

숲이 불타고 있습니다.

단 하나의 거대한 눈동자처럼 활활 타고 있습니다.

불이라면, 불의 군주라고 하겠습니다.

"오늘따라 서울의 야경이 너무 아름다워."

불빛에 도취한 연인의 독백이 독재자의 것처럼 느껴져 나의 사랑이 무서워졌습니다.

최종후보작

폐가의 뜰

그 여름의 끝에서도 내게서 사람과 닮은 구석을 찾아냈다면 손
님이여, 너는 아무 데나 들러붙는 인간 그림자에 끌려 여기까지
왔구나. 다만 너는 쓰러지고 싶을 뿐, 내게서 자란 초록빛 거뭇거
뭇한 칼날들이 네 발목을 핥으면 너는 네 목소리부터 부러뜨려야
한다. 나는 인간 목소리를 원하지 않는다. 나도 한때 귓가에 기쁨
의 잔물결을 일으키는 노랫소리를 즐겨 들었으며…… 그러던 어
느 날 그토록 화사한 봄의 뜨락에서 화약 냄새처럼 사라지는 비
명 소리를 듣게 되었다. 같은 목구멍, 같은 혀가 갈라져 다른 하늘
로 올라가는 몇 갈래의 길을 보았었다. 나는 더 이상 인간의 길을
원하지 않는다. 많은 것이 엉켜 있지만 우리는 그것을 사랑이라고
부르지 않는다. 나는 인간의 등뼈와 어깨, 음식과 촛대를, 가볍게
휘파람을 불던 봄 소풍과 가을 소풍을…… 더는 원하지 않는다.
인간의 말과 꿈을 더는 원치 않는다. 그러나 그 여름날 불꽃 같은
덤불이 사위어가도 끝끝내 내가 어떤 사람을 붙들었다면 손님이
여, 그 사람은 누구인가. 아아, 여기까지 떠밀려온 난파선이여, 이
방인이여, 나의 벗이여, 너도 언젠가 밤마다 곡괭이를 내리쳐 가
슴팍을 뻐개고 죽은 사람을 네 안에 들였구나. 쾅, 쾅, 쾅, 쾅, 못질
을 한 관으로 변태하여 걸음을 새로 배웠구나. 나는 가슴을 열고

싶지 않다. 우리는 죽음의 무게를 뺏기고 싶지 않다. 나는 내가 목격한 인간의 삶을 원하지 않는다. 내게 와서 쓰러지는 손님이여, 이제 울음을 그친 나의 손님이여, 이제 막 지상에 닿아 깨지는 마지막 눈물방울이여, 묘비 없는 묘지여,

최종후보작

그러나

뒤돌아서는 순간, 그러나

내가 너와 반대 방향으로 계속 걸어갈 수 있을까

너의 등을 볼 수 없는 세계로 발을 떼는 순간, 눈앞에는 아직까지 한 번도 사랑하지 않았던 것들로만 이루어진 세상,

내가 존재하지 않는 세상, 내가 죽은 사람과 다르지 않다면 망자의 기억을 나누어 가진 사람이 모두 망자와 다르지 않은 세상,

그러나 어렵지 않게 버스를 탔고, 어렵지 않게 식당과 화장실을 찾았고, 어렵지 않게 건널목을 건넜다

그러나 어려운 것은 그런 것이 아니었다

거대한 혹처럼 태양을 등지고 네가 내 앞에서 걸어오고 있다, 내 앞에서 걸어오는 사람이 바로 너라고 생각하며 나는 똑바로 걸어가고 있다

거대한 화농이 터진 듯이 이 세상은 무섭도록 아름답다

최종후보작

김행숙은 일상에서 경험하는 사물·사건·사태 등에 대한 느낌으로부터 공감을 이끌어내는 데 있어 탁월한 기량을 보유한 시인이다. 구호나 당위로서 성립되는 공동체의 경우 그 실효가 지속되는 의무의 연한에 따라 성쇠가 좌우되는 것이라면 시인 김행숙이 그간 절실하고 적실한 언어로 확보해온 공감의 테두리는 자발적 동의의 분위기 속에서 형성되는 정념에 기초하기 때문에 어떤 억지나 의무감이 없이도 확장일로에 있다.

사물과 접촉하는 우리의 감각을 고유한 언어로 표현하는 이 시인은 오래된 사물과 일상 자체를 새롭게 해석하거나 세계를 접하는 감각 자체를 일신하기보다는 지각과 감각의 방식에 대한 새로운 설명을 통해 공감의 영역을 확보한다. 즉, 그의 시는 우리에게 세계를 지각하는 방식의 새로운 노선을 개설해주었다. 그러므로 그의 시가 우리에게 이만큼 가까이 와 있는 것은 낯선 세계를 동행하는 이들의 연대감보다는 늘 다니던 길에 신설된 노선을 함께 타고 다니게 된 즐거움 때문이다. 또한 '우리'나 '당신'이라는 시어를 가장 적극적으로 도입한 김행숙의 작품들에서 그 말의 어감이 자연스럽게 전달되는 것 역시 그 때문이다.

— 조강석·문학평론가

박형준

테두리

아름다운 한낮이 강가에서 흘러갔다

뒤란의 시간

나비는 밤을 어떻게 지새나

저녁나절

갔다

1991년 한국일보 신춘문예로 등단했다.
시집 『나는 이제 소멸에 대해서 이야기하련다』『빵 냄새를 풍기는 거울』『물속까지 잎사귀가 피어 있다』
『춤』『생각날 때마다 울었다』『불탄 집』이 있다.
현대시학작품상, 소월시문학상, 유심작품상 등을 수상했다.

테두리

테두리에서 빛이 나는 사람
꽃에서도 테두리를 보고
달에서도 테두리를 보는 사람

자신의 줄무늬를
슬퍼하는 기린처럼
모든 테두리는 슬프겠지

슬퍼하는 상처가 있어야
위로의 노래도 사람에게로 내려올
통로를 알겠지

물건을 사러 잠시 집 밖으로 나왔다가
바람에 펄럭이는 커튼 사이로
안고 있던 여인의 테두리를 보는 것
걸음을 멈추고 흔적을 훔쳐보듯 바라볼 때
여인의 숨내도 함께 흩어져간다

박형준

오늘과 같은 밤에는
황금빛 줄무늬를 가진
내 짐승들이
고독을 앓겠지

아름다운 한낮이 강가에서 흘러갔다

개가 아름답다고 느꼈다
쥐약을 먹고 쥐처럼 직선으로만 달리다
모래톱에 머리를 박고 죽은 개

그 개가 달려간 신작로를
풀빛에 떨어지는 햇빛을 보며 걸었다
햇빛이 만드는 풀잎 우물을 바라보며 강으로 갔다

개가 죽은 모래톱 쌓인 강가에서
밤마다 천장 속을 직선으로 달리다
잠잠해졌나 싶으면 달그락달그락 물결치던 어둠을 생각했다

강둑 너머,
보리에 맺힌 이슬 속에 머리를 처박고
고요히 죽고 싶은 아름다운 한낮이 강가에서 흘러갔다

박형준

167

뒤란의 시간

뒤뜰이라는 말을 고향에서는 뒤란이라고 불렀다. 그 뒤란에는 대숲이 있고 감나무가 있고 그 감나무 아래 장독대들이 놓여 있었다. 그 뒤란에는 새 떼들이 먹으라고 사발에 흰 밥알들이 담겨 있었다. 그리고 장독대에서 퍼내는 것들은 구수한 이야기가 되었다. 앞뜰에서 하지 못하는 속이야기를 우리들은 뒤란에서 할 수 있었고 새하고도 먹을 것을 나눠 먹을 줄 알았다. 감나무에서 떨어진 떫은 감을 뒤란의 그늘로 가득한 장독대 뚜껑에 올려놓고 우려먹던 맛은 또 어땠는지. 한여름, 장독대 위에서 익어가며 떫었던 땡감이 홍시마냥 달콤해지는 시간이 뒤란에는 있었다.

최종후보작

나비는 밤을 어떻게 지새나

외로움에도 색채가 있다면
나무에 달라붙어 밤을 견딘 나비의 외로움은
아침에 어떤 색깔이 되었을까
동트는 새벽이 무작정 희망이 되지 못하고
나뭇잎에서 떨어지는 아침 이슬 한 방울에도
쉬이 상처를 입는 나비
나비 날개에 찍힌 점들은
밤공기의 흔적들일까 불꽃들일까
밤마다 처음으로 다가오는 대지와
폭풍의 소용돌이,
한 무리의 구름을 인식하며
숲 속에서 별들의 흐름을 조용히
날개에 잉크처럼 떨구어가는 나비
사람들도 모두 저마다의 외로움의 색채가
다르게 나타난다는데
내 외로움의 색채는
누구의 숨겨진 빛에서 오는지
아침 햇살 속에서 접었다 폈다 하는

박형준

169

나비의 날개가
공중에 씌어지지 않은 편지처럼
분가루를 흘린다

저녁나절

반지하 창문 앞에는

늘 나무가 서 있었지

그런 집만 골라 이사를 다녔지

그 집들은

깜빡 불 켜놓고 나온 줄 몰랐던

저녁나절을 얼마나 많이 갖고 있었던가

산들바람이 부는 저녁에

집 앞에서

나는 얼마나 많이 서성대며 들어가지 못했던가

능금나무나 살구나무가 반지하 창문을

가리고 있던 집,

능금나무는

살구나무는

산들바람에

얼마나 많은 나뭇잎과 꽃잎들을 가지고 있는지

반지하 창문에서 흘러나오는 불빛에

떨어지기만 했지

슬픔도 환할 수 있다는 걸

아무도 없는데 환한
저녁나절의 반지하집은 말해주었지

갔다

주인집 아이는—백설공주의 피부만 이어받은 듯 살이 고왔으며 피부가 탄다고 창의 햇빛으로 일광욕을 즐기는, 정확히 중학교 일 학년생이었다—목조계단의 삐걱임으로 내달음으로 기타를 치며 사랑의 노래를 부르고 있다. 잠깐 시간이 똑딱거림으로 지하방의 시계 종을 울리자 위층 주인집 아이의 친구들이 놀러 오고, 소녀들이 먹다 버린 참외에 까만 개미들이 몰려든다. 우울한 소년은 삼십 센티의 거리를 두고 지하방의 어둠을 밝히는 TV를 본다. 쇼 프로다, 소녀들은 TV 속에서 깔깔거렸고 조금 후에 주인집 아이가 목조계단의 삐걱임으로 내달음으로 형준아 같이 놀래 말하고 우울한 아이는 얼굴을 붉혔고, TV 속에 비치는 지하방은 여전히 쇼 프로다. 주인집 소녀의 기타 소리 같은 발걸음으로 목조계단의 삐걱임으로 잇달아 소녀들의 깔깔거림으로 지하방에 정말로 어둠이 온다. 부끄러운 아이는 TV를 끌까 망설이다가, 눕는다.

천장에 거미가 집을 짓고 있다. 아름다운 집은 비탈진 가난 속으로 손을 뻗는다. 잠깐, 비가 온다. 부끄러움이 사라지고 한쪽이 무너진 천장에 얼룩이 나오고 얼룩은 식구들의 얼굴 위에 빗물을 뿌린다. 빗물은 TV의 화면에 가볍게 튀어 올라 영상을 흐린다. 공처럼 빗물은 아름다운 거미의 집을 적시고 물방울을 머금은 거미

의 집은 우울한 아이의 발목에 실타래의 마지막 풀림으로 허물어
진다.

갔다, 모든 허물어짐의 기쁨으로 공장지대를 둘러 피어 있는 장
밋길을 따라 시궁창 속의 노을에 비친, 산 끝 같은 비탈진 방으로.
방을 탈출할 수 없었던 우울한 아이가 테레비귀신처럼 TV를 보
는 산꼭대기 비탈길 방으로.

최종후보작

모든 사물의 테두리에서는 빛이 난다. 거기가 날카로운 끝이기 때문이다. "자신의 줄무늬를/슬퍼하는 기린처럼" 자신의 처지에 절망한 사람에게 '테두리'는 벗어날 수 없는 '한계'를 의미한다. 그러므로 모든 테두리에는 어떤 눈물이 맺혀 있기 쉽다. 그런데 무언가가 그 자신의 한계에 다다라서야 빛을 발하는 것들도 있다.

가령 이 시에 적힌 '위로의 노래'. 사물의 테두리는 또 다른 사물과의 접점이고 그 접점은 종종 새로운 사건의 시작점이 되어서일까. 우리는 자주 끝이 진정 끝이 아니라는 위로를 듣는다. 더불어 테두리가 있기에 우리는 서로의 모양새를 만지고 안고 품을 수도 있다. 그런데 희한하지. 신기하게도 웬만큼 안다고 여긴 상태에서도 사람이든 사물이든 윤곽을 그려보려고 시도하면 미궁에 빠지기 일쑤이다. 알던 사람도 도통 모르겠는 사람이 되고 익숙한 사물도 돌연 낯선 느낌으로 다가온다. 그래서 테두리를 어루만져본 사람들은 대부분 고독해지기 마련이다.

박형준 시인은 놀라운 진실을 차분하게 말하는 재주를 지녔다. 달리 말하자면 그의 시에는 단순하고 소박한 감정 속에서 세련되고 복잡한 인식에 이르는 길이 놓여 있다. 단언컨대 그와 같은 길은 지성과 감성의 조화로운 작용 안에서만 가능하다. 지성에 사로잡힌 시들이 제공하는 공허한 건조함과 감성만이 넘치는 시들이 전하는 맹목적인 눅눅함, 박형준의 시는 저 둘로부터 적당한 거리를 두는 데 성공했다. 그래서 그의 시는 정신

적인 억압과 육체적인 긴장으로부터 우리를 해방시킨다. 너무 과한 평가

일까. 대수롭지 않게 여긴 시의 테두리에서 쏟아지는 광채에 하루를 꼬

박 앓았던 사람의 말이다.

— 송종원 · 문학평론가

신용목

스위치

후레시

흐린 방의 지도

인사동

산책자 보고서

대대적인 삶

2000년 《작가세계》 신인상으로 등단했다.
시집 『그 바람을 다 걸어야 한다』 『바람의 백만번째 어금니』 『아무 날의 도시』가 있다.
노작문학상을 수상했다.

스위치

이 집은 사십 년째 무너지고 있다.
사십 년째,
북국으로 날아가는 철새들의 긴 그림자가, 헐거워지는 못을 밟
고 있다.
물이 새는 화장실

스위치를 올리면 물소리가 멈춘다.
이상하지?

시끄러운 누이는 어느새 텔레비전 앞으로 돌아와 이상하지 않
다는 듯이
이런 제시어를 읊조린다.
남녀라는 주차장
계급적인 불빛으로서의 교각
태엽에 감긴 생일

밤이고 강변이고 비가 오고 울고 있고, 종합적으로 사랑하지만
어쩔 수 없는 연인들을 *끄고*

이 집에서 사십 년째 잠들고 있지만,

나의 시체는 아직 완성되지 않았다.

인부들이 왔다.

화장실 바닥을 파내자 축축한 돌 하나가 나왔다. 어쩔 수 없는
환풍기가 돌아가고,
　언젠가 익사자의 주머니 속에 들어 있었을
　돌

아침부터 누이는 대본 연습 중이다.
　내 핏속을 달리는 기사님, 그대의 더러운 장화 때문에 인생이
자꾸 탁해져요
　그리고, 떠난 자가 남은 자의 몸에 고통으로 잠시 머무네

나는 주머니 속에 돌을 집어넣고
가계부 목록을 쓴다.

북국으로 가는 철새 그림자를 위한 항로 보수 공사에 든 비용
스위치를 내린다.

최종후보작

후레시

동그라미는 왼쪽으로 태어납니까
오른쪽으로 태어납니까

왼쪽으로 태어난 동그라미의 고향은 오른쪽입니까 어디서부터
오른쪽은 시작됩니까

동그라미를 그리는 자는 동그라미의 부모입니까 내가 그린 동
그라미는 몇 개입니까

나는 그들에게 죄인입니까

왼쪽으로 걸어갔는데 왜 오른쪽에 도착합니까
왜 자꾸 동그라미를 그립니까
동그랗습니까

동그랗습니까

어둠을 뒤쫓던 후레시 불빛이 내 얼굴에 쏟아졌을 때

신용목

나는 유일한 동그라미 안에 갇혀 있었다

동그라미 안에만 비가 내리고

우리는 언제나 우리가 가진 가장 소중한 것을 착취당하지
너는 여자였고 나는 가난했어
무엇보다도 우린 젊어서

온통 늙어가지

그러나 어둠은 한 번도 잡히지 않았다 후레시를 켤 때마다 보란
듯이 불빛 그 바깥에 가 있었네

동그라미 안에만 비가 내리고

나는 간신히 외치기 시작했어
비 내리는 밤이 있다는 것은 아직 우리의 슬픔이 젊기 때문이다

다음 날부터
태양은 구정물 통에 담긴 접시처럼 유일한 하늘에 떠 있었다

다음 날부터
나는 깨뜨릴 수 있는 동그라미와 깨뜨릴 수 없는 동그라미에 대
해 생각했지만
우리가 만났던 밤은 아직 젊었고

어떤 비도 슬픔을 씻기진 못하고

너는 여자였고 나는 가난했지

동그라미 안으로 쓰윽 들어온 손이 내 턱을 치켜올렸을 때
내 얼굴은 이미 깨져 있었다

흐린 방의 지도

더 이상 나를 부르지 않는 소리를 들었다 그것은 말이었으나 무리를 잃은 흰 날개의 메아리였다가 어느새 죽은 별들의 손에서 흘러내리는 안개처럼

골목은 간밤의 신열로부터 어떻게든 일어나려고 식탁에 흩어놓은 약봉지 같다

내 안에서 필사적으로 빠져나가려는 대답을 막기 위해 밥을 먹어야 했다
내 귀의 구멍으로 밤을 구겨 넣고 간
네 목소리의 아침

누군가 느낌을 담아가기 위해 사람을 만들었는지도 모른다 마트에서 부엌까지 비닐봉지에 비린내를 담아가듯 꿈과 꿈 사이로 이어진 생활을 지나가려고
누군가 내 뺨을 후려치고 그 손을 내 손목에 달아놓았는지도 모른다

최종후보작

이 기분이 새지 않는다

　골목에 별들의 지문이 잠기는 방향으로 휘감겨 있다 손목에서
빙빙 돌아가는 비닐봉지
　이제 너는 안개 속으로 손을 넣지 않는다 축축하게 식어가는 밤
을 만지려 하지 않는다

　왜 꿈에는 귀가 없을까? 아무리 소리쳐도 꿈속까지 들리진 않
는데 왜 꿈에서 속삭이면 꿈 밖까지 들릴까? 골목에서는 질문을
멈추게 하는 알약이 팔리지만
　여기서 외로움을 사용하지는 않을 것이다

　더 이상 나를 부르지 않는 소리를 들었다
　그래서 대답했다

　응 나 여기 있어
　별에서 막 흘러내린 안개처럼 자글거리는 조기를 뒤집어야 할
때를 보고 있었다

인사동

본 적 없는 긴 뱀처럼 갑자기 쏟아지는 물,

짧게 흰 비늘을 보여주고 꼬리를 끌며 구멍 속으로 사라지는
뱀,

수도꼭지를 잡고

나는 인사동 골동품점 앞에서 불상의 잘린 머리를 바라보다 비
를 만난 사람 같다

뱀의 목을 틀어쥐고 결심한다,

설거지를 해야지

뱀은 참 많은 색깔을 가지고 있어서 뱀이 헤엄치는 물은 결국
구정물이 된다, 너와의 일들처럼

사라진 곳에서 냄새를 풍긴다, 그렇다면 창문을 열고

빨래를 해야지

이것이 지워지는 일이라고 하면 믿을 텐가 뒤엉켜 돌고 있는 색
들을 쪼그려 앉아 바라보는 일,

회오리치는 일

뱀은 더러워지는 것이 무엇인지 모른다 뱀은 벗은 허물을 다시
입지 않는다

최종후보작

처음엔 불상도 제가 입은 옷을 어떻게든 빨아보려고 비를 맞았
겠지, 오늘은 날씨가 좋아

벗을 수 없는 옷과 버릴 수 없는 옷에 대해 생각해

이렇게 시작하는 편지를 쓰고 싶었다,

아무리 허물을 벗어도 똑같은 무늬를 가진 뱀과 옷 한 벌을 벗
느라 목이 잘린 불상이 있다고……

그리고 무심히 건너편 옥상을 바라보려면,

수도꼭지를 잠가야지

신용목   187

산책자 보고서

어쩌면 허기진 쪽으로 기울어져가는 지붕의 망치질 소리로 비가 온다
지붕을 뚫지 못해 빗방울은 대신하여 빗소리를 집 안으로 내려보낸다

천장으로 끓어오르는 그림자를 간신히 누르고 있는 비탈의 오래된 집

끓는다는 말 속에는 불꽃의 느낌이 숨어 있다 비 오는 날 지붕이 끓는 것처럼
냄비 바닥의 불꽃 속에 숨어 있는 빗소리의 느낌을 라면 가닥으로 삼킨다는
말 속에는 또 비처럼 흘러내리는 몸의 느낌이 있다

나의 몸은 비를 대신하여 집 안에 고여 있다

나는 비의 느낌으로 숨어 있다

최종후보작

지붕을 두드리는 빗소리는 한사코 지붕에 부딪치는 빗방울을
지운다 바닥에 누운 나는 한사코 바닥에 차는 빗소리를 지운다
　빗방울의 시간은 빗소리의 시간보다 더 멀리 있어서 빗소리의
시간은 나의 시간보다 더 멀리 있어서 나는 끓는 허기일 뿐

　하루는 그 간격을 오가는 시간으로 더 먼 곳의 시간들을 지우고
있다

　시간의 반대편으로 뻗는 그림자로부터 간신히 몰락을 지우는
망치질까지

　비는 냄비 속에서 붉고 있다

대대적인 삶

여기는 연인의 장례식에 참석한 무신론자의 몸속과 같다
슬픔은 대규모로 일어난다

입구는 언제나 열려 있다
뛰어들어라
거리는 기도할 수 없는 자들의 예배당
예 배 당
세 글자를 발음하면 슬퍼진다고 말하던 사람이 있었다 기도가
없는
믿음에 붙여진 세례명

슬픔이 그의 입 안에 둘러앉아 눌린고기를 떼어내
어두운 동굴 속으로 던진다

거기
까마귀 울음으로 칠한 밤의 제단에 납작하게 혀를 쌓아 올리는
자는 누구입니까
하얗게 꿈틀거리는 자는 누구입니까

여기도
바닥이 있습니까

텅텅 울리는 목소리가 답했다

누구입니까
누구입니까
있습니까
그러나 있다 여기는 닭의 살이 꼬챙이에 꿰어져 익어가고 소의
등가죽이 손잡이를 달고 있고
촛불을 든 사람들이 마스크를 쓰고 걸어간다
이 거리를 지나면

십자가 가위를 치켜들고 밤새 검은 머리를 자르는 예배당이 커
다란 입을 벌리고 서 있다

여기는 들어간다는 말의 출구

슬픔을 눌린고기로 썰며

뛰어들어라

기도할 수 없는 자들의 예배를 위하여 어떤 촛불에는 신발자국
이 찍혀 있다

신용목 시인은 실험성이 강한 작품을 쓰는 동년배의 시인들과는 달리 비교적 안정적인 리듬 속에서 많은 이들이 공감할 수 있는 언어로 시를 써왔다는 평가를 받아왔다. 그런데 조금 더 자세히 들여다보면 이런 설명은 불충분해 보인다.

우선 그의 시에는 재래의 서정시와는 달리 타자와의 화합이나 화해가 전제되지 않는다. 초기 작품에서 타자를 발견하고 이를 자신만의 리듬으로 새롭게 기술하는 데 있어 능숙한 기량을 보여주었던 그는 점차 타자와 자신의 접면에서 발생하는 문제들에 대해 천착하기 시작했다. 이를 서정성과 사회성의 길항이라는 말로 풀어도 좋을 것이다. 세계가 온전히 관찰과 노래의 대상이 되는 것만도 아니고 시인의 심회가 언제나 자발적으로만 움직여가는 것도 아니다. 언어 자체가 동시대의 환경 속에서 언제나 변화하는 것이기에 언어를 매개로 하는 서정시가 사회와 완전히 별개의 리듬으로 전개될 수 없다는 것이 현대시의 근본조건이다. 신용목의 중요한 실험은 바로 그 지점에서 행해진다.

신용목은 일체의 과장법이나 엄살 없이 세계와 자아의 연동이라는 문제를 내밀한 언어로 집요하게 탐문하는 흔치 않은 시인이다. 「흐린 방의 지도」는 세계와 자아의 성급한 화해로 마무리되곤 하는 재래의 서정시와는 달리 일상의 소소한 모습에서 세계의 이미지를 새롭게 발견하고 그에 기초해서만 사유를 전개해나가는 과정을 단적으로 보여준다. 이를테면 비닐봉지에 담긴 비린내가 꿈과 생활의 선후관계를 묻는 계기가 된다.

미리 주어진 어떤 잠언이나 성찰이 없이 경험의 테두리 내에서 태동하는

이런 사유를 통해 그는 21세기의 서정시의 가능성을 타진하고 있다.

— 조강석 · 문학평론가

유홍준

유골遺骨

屠夫

살구

겨울 벌 한 마리

룸미러

잉어

1998년 《시와반시》 신인상으로 등단했다.
시집 『喪家에 모인 구두들』 『나는, 웃는다』 『저녁의 슬하』,
시선집 『북천-까마귀』가 있다.
이형기문학상, 시작문학상, 소월시문학상 등을 수상했다.

유골遺骨

당신의 집은

무덤과 가깝습니까

요즘은 무슨 약을 먹고 계십니까

무덤에서 무덤으로

산책을 하고 있습니까

저도 웅크리면 무덤, 무덤이 됩니까

무덤 위에 올라가 별을 보았습니까

祭床 위에 밥을 차려놓고

먹습니까

저는 글을 쓰면 碑文만 씁니다

저는 글을 읽으면 祝文만 읽습니다

짐승을 수도 없이 죽인 사람의 눈빛, 그 눈빛으로 읽습니다

무덤 파헤치고 유골 수습하는 사람의 손길은 조심스럽습니다

그는 잘 꿰맞추는 사람이지요

그는 살 없이,

내장 없이, 눈 없이

사람을 완성하는 사람이지요

그는 무덤 속 유골을 끄집어내어 맞추는 사람입니다

최종후보작

저는 그 사람이 맞추어놓은 유골

유골입니다

유홍준

屠夫

　두 뺨이 홀쭉한 도부가 소의 가죽을 벌려 심장을 끄집어낸다 물 한 방울 묻히지 않고 내장을 분리해내는 도부는 일등 도부, 불에 구운 간을 즐겨 먹는다 간을 먹을 때에만 그의 입술은 열린다 울음을 그친 고기 냄새가 그에게서 풍겨온다 밤마다 나는 소를 데리고 어딘가로 가는 꿈을 꾼다 다리가 세 개뿐인 송아지에게 내 다리를 끼워주는 꿈을 꾼다 꿈을 꾸지 않는 날 나는 태아처럼 웅크리고 앉아 지문과 지문 사이 시커먼 동물 문신을 새겨 넣는다 문신을 새길 때마다 내 지문은 점점 더 도드라진다 도부는 물 한 방울 묻히지 않고 내장을 분리해내는 일등 도부, 하얀 식탁보를 깔아 내장을 분리해내던 칼끝으로 나에게 붉은 고기를 먹인다

살구

저수지 밑

축사에 수의사가 온다

어린 돌배기 송아지에게 다가가 앞발을 묶고

뒷발을 묶고 자빠뜨려 고환을 찾아낸다

어린 송아지 어린 송아지 돌배기 송아지

고환을 잃어버리는 송아지가 짧게 지르는 비명을 나는 듣는다

서둘러 수의사는 떠나고 저수지 밑

축사 주인은 어린 송아지의 고환을 뒤꼍 살구나무 아래 묻는다

풋살구만 한 고환이다

여물지 않은 고환이다

봄이 오면 살구나무, 울음처럼 애틋한 꽃을 피울 것이다

조그만 열매들을 다닥다닥 맺을 것이다

어린 송아지 고환처럼

조그만 살구

유홍준

겨울 벌 한 마리

햇살 좋은 겨울 한낮
시골집 마루에
이름 모를 벌 한 마리, 가만히 엎드려 있다

친구가 없는 것 같다
홀로인 것 같다
몇 개의 발을 조그맣게 움직여보다가, 무언가를 골똘히 생각해
보다가, 조금씩 기어간다

때려죽일까 말까
나는
파리채 들고 멍하니 들여다본다
(생각에 잠긴 것을 잡아 죽일 수는 없는 법!)

뭐니뭐니해도 집은 사람의 집이
가장 따뜻해

주둥이 툭 튀어나온 갈색 벌 한 마리, 말수가 적은 내 어머니 같다
햇살 내린 시골집 마루에 가만히 엎드려 있다

최종후보작

룸미러

폐차시킨 트럭의 룸미러를 떼어다가 수돗가에 놓아두고 면도
를 한다 두 눈 움푹한 북천 중늙은이 면도를 해도 수염 한두 올은
늘 그냥 그대로 남아 있다 깎이지 않은 목덜미의 수염 한두 올, 실
은 저런 것이 자꾸 마음이 쓰이는 것이다 자꾸 눈길이 가는 것이
다 북천의 어떤 거울을 보면 코가 길어져 있고 북천의 어떤 거울
을 보면 인중이 짧아져 있다 그 거울을 개에게 비추면 삼십육계
놀라 줄행랑, 그런데 사람들은 그 거울을 보고도 놀라지도 않는다

유홍준

잉어

너의 입속에 혀를 밀어 넣지 못해,

잉어는 꼬리에 꼬리를 물고
돈다

물고기에게 지느러미가 달린 이유는
입 밖으로
혀가 내밀어지지 않았기 때문

돌 위에 새겨진 잉어
탁본 떠서
너를 잊을 때까지 바라본다 겨울 내도록 바라본다

너의 입속으로
혀를 밀어 넣지 못해

입 밖으로 혀가 내밀어지지 않는 잉어의 눈동자는 동그랗다

최종후보작

유홍준의 시는 초기부터 줄곧 죽음과 동행해왔다. 「유골」에서처럼, 그에게 살아간다는 것은 "무덤에서 무덤으로 산책"하는 일이며, "제상 위에 밥을 차려놓고 먹"는 일이다. 그러니 글을 쓰면 '제문'만 쓰고, 글을 읽으면 '축문'만 읽는 것이다. 시는 죽음의 형식으로서 일종의 제문이자 축문이라는 것을 이보다 더 간명하게 압축하기는 어려울 듯하다.

그는 전생에 도부(屠夫)나 장의사가 아니었을까. 그렇지 않고서야 축생과 인생의 숱한 죽음에 대해 어떻게 그토록 친숙하고 정성스러울 수 있을까. "물 한 방울 묻히지 않고 내장을 분리해내는 일등 도부"(「屠夫」)나 "무덤 속 유골을 끄집어내어 맞추는 사람"(「유골」)처럼 말이다. 그는 "살 없이,/내장 없이, 눈 없이/사람을 완성하는 사람"이다. 그렇게 사라진 존재들을 잘 수습하고 형상을 부여해주는 자가 바로 시인이다.

그가 죽음에 들린 몸과 영혼으로 시를 왕성하게 쓸 수 있었던 비결은 삶과 죽음에 대한 남다른 셈법 덕분일 것이다. 그의 시에서 삶은 정육점에 걸린 고깃덩어리와 크게 다를 바가 없다. 반면 죽은 존재들은 살아 있을 때보다 더 강렬한 냄새를 내뿜으며 삶을 부추긴다. 그래서 모든 존재의 무게는 주검의 저울 위에 올려보아야 알 수 있고, 풍경도 무덤 위에서 볼 때 더 잘 보인다.

그는 김언희 시인의 표현처럼 '직방인(直放人)'으로서 살고 써왔다. 그의 시는 에둘러 가거나 정교한 수사에 기대지 않는다. 추상적 언술보다는 일상의 발견에, 지적 통어력보다는 몸의 본능과 직감에 의지해 언어를 찾아간다. 그러다가 날렵한 손끝으로 시적 대상의 살과 뼈와 내장의 미세한 경계를 가로지르며 '붉은 고기' 한 점을 쑥, 내민다. 주검에서 막 발라낸 그 살점에는 아직 핏기가 선명하다.

— 나희덕 · 시인

이수명

최근에 나는

풀 뽑기

연립주택

통영

하양 위로

비를 위해서

1994년 《작가세계》로 등단했다.
시집 『새로운 오독이 거리를 메웠다』, 『왜가리는 왜가리 놀이를 한다』, 『붉은 담장의 커브』,
『고양이 비디오를 보는 고양이』, 『언제나 너무 많은 비들』, 『마치』,
시론집 『횡단』이 있다.
박인환문학상, 현대시작품상, 노작문학상, 이상시문학상을 수상했다.

최근에 나는

  최근에 나는 최근 사람이다. 점점 더 최근이다. 최근에 플래카드를 들고 서 있는 사람들 앞을 지나갔다. 어디서 오는 길이지요 묻는 사람은 최근에 본 사람이고 펄럭이는 플래카드 텅 빈 플래카드에는 아무것도 쓰여 있지 않았다. 나는 펄럭이는 깃발 아래 펄럭이는 그림자를 최근에 본 사람이고 그 펄럭이는 것이 신기하게도 구겨지지 않고 계속 펄럭이는 것을 바라보았다. 그리하여 나는 구겨지지 않는 사람들 앞을 지나가게 되었는데 혹은 구겨진 신체를 계속 펴는 사람들이었는지도 알 수는 없었는데 아무런 기분이 들지 않았다. 다만 펄럭이는 것이 아무것도 쓰여 있지 않으려 펄럭이는 것이 가로지르고 있는 최근을 따라 걸어가는 것이었다. 수시로 아침이 오려 하는 거리를 신체를 펴고 걸어가는 것이었다. 최근은 편안한 것이었다. 수시로 최근의 사실들이 모여들었다. 조금 더 최근의 일이에요 말하는 사람을 거기서 나는 만날 수 있을 것이다.

풀 뽑기

풀 뽑기를 했어요. 모두 모여 수요일에 풀을 뽑았어요. 목요일에 뽑은 적도 있어요. 풀이 자라고 계속 자라서 우리도 계속 모이고 모였어요. 풀이 으리으리해요. 토마토 밭에 들어갔다가 상추밭에 들어갔어요. 풀을 뽑다가 토마토도 뽑고 상추도 뽑았어요. 이게 무슨 풀이지? 물어도 아무도 몰라요. 풀은 빙빙 돌고 풀은 무리 지어 부풀어 오르고 풀은 울음을 터뜨리고 풀은 서로를 뚫고 지나갔어요. 풀은 텅 비어 있어요. 풀은 반들반들 빛났고 더 이상 반짝거리지 않았어요. 풀에 가려 아무것도 보이지 않았어요. 풀 속에 숨어 아무도 보이지 않았어요. 풀을 뽑다가 풀 아닌 것을 뽑았어요. 미나리도 뽑고 미나리아재비도 뽑았어요. 풀 한 포기 없었어요. 그래도 모두 모여 풀을 뽑았어요. 우리는 계속 풀 뽑을 사람을 찾았어요. 풀이 으리으리해요.

연립주택

이 연립주택
공동주택
여기부터 집이다.
여기부터 집이 연립되고
연립에 도달한다.
여기 어딘가에서 사람들이 갑자기 나타나고
다시 연락되지 않는다.
세~탁 외치는 남자가 세탁물 꾸러미를 들고 지나간다.
잠깐만 기다려요
모두 클리닝이 가능하다.
집집마다 헝겊 쪼가리들을 찾아낸다.
쪼가리들과 함께
연립이 사라지리라 그러나
연립에 도달하면
연립을 알 수 없다.
다시 연락되지 않는다.
주택에 몸을 기입하고
저 집에 사는 사람 이 집에 사는 사람이

고정된 연립에서 하루 종일 왔다 갔다 한다.
몸속에 남은 뼈를 스캔해서 내보내며
자신의 얼굴을 보려고 일어선다.
자질구레한 옷가지들을 펼쳐놓고
옷핀을 찾는다.

통영

누군가 나를 깨웠다. 나는 벌써 깨어 있었는데 내가 깨어 있는 것을 잘 몰랐다. 누군가 나를 들여다보고 있었는데 그를 알아볼 수가 없었다. 누군가 나를 깨웠다.

몇몇 사람들이 숙소를 옮기고 있었다. 숙소로 들어가는 사람들과 숙소를 빠져나오는 사람들 숙소를 예약해야 하나요 물어보는 사람들 가까운 데는 없나요

나는 짐 위에 앉아 있었는데 몇몇 사람들이 짐을 밀고 다녔다. 그런 건 아무래도 좋은데 짐 위에 짐이 쌓였다. 고르게 숨을 쉴 수 없을 때 누군가 나를 숨 쉬고 있었는데 그를 알아볼 수가 없었다.

나는 하나도 몸이 없었다.

내가 여기서 집으려 했던 것이 무엇인지 잘 몰랐다. 그럴 땐 잠깐씩 바닥에 깔린 양탄자로 굴러 떨어졌다. 숙소를 새로 배정받은 사람들이 긴 복도를 따라갔다. 저기 앞서 가는 사람들은 잘 보이지 않았다.

복도 끝에서 누군가 대걸레를 벽에 대고 털었다. 쿵쿵 소리가 오래 울렸다. 걸레는 좀처럼 누그러지지 않았다.

하양 위로

눈이 내린다. 눈은 잘 걷지 못한다.
온몸을 눈에 기대고 걷는다.

생각할 수 없도록
누가 눈을 이렇게 하얗게 칠하고 있을까

하양이 나를 스친다.
하양을 잡으려 하면
하양은 하늘에 얼어붙어 있다.

　네가 다리에 붕대를 감고 왔을 때도 그랬다. 그 붕대를 어디선
가 보았는데 기억은 나지 않았지 하얀 붕대 그걸 언제 풀 건데 물
어보고 싶었지

다리를 언제 꺼낼 건데

하양은 땅에 얼어붙어 있다.
하양은 아주 긴 옷이어서

　　　　　　　　　　　　　　　최종후보작

하양 위에서는 자꾸 넘어진다.
그럴 때마다 하양 위로 나를 들어 올려야 한다.

하늘에서 내려오는
눈을 치운다. 하늘을 치운다.
너는 오래전에 죽었는데 죽기 위해 왔구나

하양이 자꾸
나를 내쉰다.

생각할 수 없도록
누가 나를 이렇게 어른거리게 하고 있을까

비를 위해서

비를 위해서 여기저기 몸을 보이며 비를 위해서 비틀거리며 오
직 지붕 위의 잔디밭 위의 비를 위해서

가만 있어봐 움직이지 말고

한동안 그냥 서 있었다. 그냥 서 있었나 보다. 동시에 내리는 비
를 위해서 비의 무감각과 무감각한 비를 위해서

검은 하늘을 쓰고 빗속에서 옷을 말리는 사람들 속에서 너는 비
로 덮인다.

검은 돌들이 일제히 번들거리고 저 검은 돌들을 들어 올리지는
못하고 돌들을 그만 떨어뜨리고 말았지

너는 비로 덮인다. 그래 천천히 너의 팔다리를 지우는

분명한 비를 위해서 비의 무표정과 무표정한 비를 위해서

너는 지금 큰비를 찾아낸 것이다. 큰비에
갇힌 것이다.

너는 그만 시커먼 천지사방이 되어버렸다. 여기저기 어두운 몸
을 보이며 비를 위해서 비틀거리며 오직 지붕 위의 잔디밭 위의
비를 위해서

문장을 매개로 하나의 그림을 보여주는 시에 익숙한 사람에게 이수명의 시는 당황스러울 것이다. 이 시인은 묘사하는 문장 대신에 암시성이 상당한 싯구를 활용하는 데 능하며, 습관적인 인식과 의미에 구속된 문장의 허구성을 선명하게 들추는 데도 탁월하다.

'최근'은 따지고 보면 모호한 말이다. 이 말에는 시간을 공간화하는 감각이 들어 있는데 우리가 체험하는 시간성은 공간적 지각과 다르다. 꽤 오래된 과거지만 현재처럼 날카롭게 느껴지는 순간도 있는 법. 현재의 특별한 사건은 잠재적인 과거를 깨워 돌연 우리를 멈춰서게 한다. 이 시의 '플래카드'가 무엇인지 정확히 알 수는 없다. 그것은 은폐된 진실을 요구하거나 정당한 권리를 빼앗긴 사람들을 암시하기도 하고, '펄럭이는 깃발 아래' 모여들었던 사람들의 투쟁을 떠올리게도 한다.

시인은 '아무것도 쓰여 있지 않은' 플래카드를 제시함으로써 하나의 요구와 사실로 수렴되지 않는, 더 다양하고 더 강력한 무언가를 까발리고 요청하는 분위기를 연출한 것은 아닐까. '펄럭이다' '구겨지지 않다' '쓰여 있지 않다'라는 서술이 반복되는 과정에 형성된 '대항적' 분위기와 함께, '최근'이란 말의 반복이 불러온 묘한 시간적 혼돈은 마치 주술처럼 우리를 시간의 깊은 곳으로 데려간다. 그곳에는 새날을 부르는 순수한 움직임이 있고, 불변의 사실을 변화시키려는 뜨거운 만남이 있다.

이수명은 견고한 언어의 감옥을 깨부수는 모험을 감행한다. 이 시인은

말이 쉽게 가둘 수 없는 삶의 열망과 시간의 움직임에 예민하기도 해서,

뜨거운 열망을 차가운 언어의 제어 속에 구현하고 시간의 두터운 깊이를

속도감 있게 흐르는 언어의 표면에 새겨넣는 스타일을 발명했다. 한국어

와 한국시에 이수명은 축복이다. 미처 몰랐던 역량을 이수명의 시가 자

주 확인시켜주기 때문이다.

—송종원 · 문학평론가

정끝별

발

소금인간

사랑은 간헐

첫 키스

모텔 여옥

들여다보다

1988년 〈문학사상〉에 시가,
1994년 동아일보 신춘문예에 평론이 당선되어 등단했다.
시집 『자작나무 내 인생』 『흰 책』 『삼천갑자 복사빛』 『와락』 『은는이가』 있다.
유심작품상, 소월시문학상을 수상했다.

발

　내가 맨발이었을 때 사람들은 내 부르튼 발아래 쐐기풀을 깔아
놓고 손가락 휘슬을 불며 외쳤다

　춤을 춰, 노랠 불러, 네 긴 밤을 보여줘!

　봄엔 너도 피었고 나도 피었으나 서로에게 열리지 않았다 나는
너의 춤과 노래가 되지 못했고 너는 투덜대며 술과 공을 찾아 떠
났다

　가을에도 우리는 쌓이지 않았다

　가까이 온 발자국은 너무 크거나 무거웠으며 멀리 간 발자국은
흐리거나 금세 흩어졌다

　헤이, 춤을 춰, 네 발을 보여줘! 여름내 우는 발은 지린 눈물 냄
새를 피웠고 겨우내 우는 발은 빨갛게 얼음이 박혔다

　중력에 맞서면서부터 눈물을 흘렸으리라

두 발이 춤 아닌 날갯짓을 했을 때 보았을까 발아래가 인력의
나락이었고 애초에 두 발이 없었다는 걸

 너를 탓할 수 없다 따로 울지 않으려 늘 우는 발을 탓할 수도 없
다 대개가 착시였고 대가였다

 바닥의 총합이 눈물의 총량이었다

최종후보작

소금인간

　돌도 쌓이면 길이 되듯 모래도 다져지면 집이 되었다 발을 떼면 허공도 날개였다 사람도 잦아들면 소금이 되었고 돌이 되었다

　울지 않으려는 이빨은 단단하다 태양에 무두질된 낙타 등에 얼굴을 묻고 까무룩 잠에 들면 밤하늘이 하얗게 길을 냈다 소금 길이 은하수처럼 흘렀다 품었다 내보낸 길마다 칠 할의 물이 빠져나갔다 눈썹 뼈 밑이 비었다

　모래 반 별 반, 저걸 매몰당한 슬픔이라 해야 할까? 낙타도 사람도 한때 머물렀으나 바람의 부력을 견디지 못하고 발자국부터 사라졌다 소금이 반, 흩어진 발뼈들이 반, 끝내지 못한 것, 시간에 굴복하지 못한 것들의 백발이 생생하다

　한 철의 눈물도 고이면 썩기 마련, 한 번 깨진 과육은 바닥이 마를 때까지 흘러나오기 마련, 내가 머문 이 한 철을 누군가는 더 오래 머물 것이다 머문 만큼 늙을 것이다

　알몸으로 태어나 맨몸으로 소금산에 든 자여, 마지막 시야를 잃

은 고요여, 미라를 깨뜨려라, 모래로 흩어지리니, 세상 절반을 품
었던 두 팔, 없다, 가죽신발 속 절여진 발, 흔적도 없다

최종후보작

사랑은 간헐

　시월은 암구름 발정기다 마파람에 게눈이다 게눈 따라 숫구름
도 쏜살이다 나이아가라 구름 끝까지 따라붙는 숫구름만이 암구
름 차지다 털쌘숫구름을 품으려는 암구름의 밀당법이다 하늘에
구름 한 점 없고 말이 살찌는 이유다

　하늘이 낮아지는 동짓달이면 숫구름은 느릿느릿 떼로 몰려다
니다 내려앉다 갈앉다 흩어질 때면 너무 외로운 나머지 제 그림자
를 눈사람처럼 세워놓기도 한다 그때쯤 암구름이 몰려와 유유적
적 흰 그림자를 뒤지고 다니다 제 몸에 들어맞는 숫구름을 골라
입고 긴 밤 속으로 사라진다 그때마다 또 눈이 올 듯 말 듯

　춘삼월 구름은 햇구름, 솜털보다 솜사탕보다 화안하다 갑빠처
럼 알통처럼 숫구름도 헛꿈을 불린다 허파요 가빠요 까르르대다
훌렁 뒤집힌 후란넬 치마 속 흰 빤스처럼 암구름은 온몸이 궁둥이
다 겨드랑이 오금이 가렵고 중구난방 봄구름에 알러지다

　물 만난 구름철에 암수구름 상열지사는 다반사다 숫구름은 암
구름 심장을 찢고 늑골에 고인 눈물을 빨기 시작한다 체온과 염도

가 맞으면 제 눈물을 흘려 넣기도 한다 상처가 아물 즈음 숫구름
은 그대로 암구름이 된다 오뉴월 비가 잦고 비늘구름 뒤에 먹구름
의 슬픔이 섞여 있는 이유다

첫 키스

빈 밭에 무처럼 박힌 소주병 꽁무니에
시시껄렁한 눈발 몇이 오락가락
바라바라 진저리 치며 달려가는 오토바이

언 손과 때 낀 손톱과 말을 대신하는 손짓과
깨진 병은 눕혀도 세워도 모서리다
찢어진 비닐하우스는 덜덜대는 아래턱이다

고만고만 하우스에 주저앉으려다 말고
비벼 끄고 달려가는 어스름 첫눈이래야
바짝 세운 개꼬리에 달라붙는 몇 송이가 전부

뒷산으로 달려가는 저녁 해가 바라라라 한 댓 발
송년도 망년도 화이트 크리스마스도 아직
오늘의 날씨도 운세도 펑펑 내리기엔 이미
단추와 주머니와 징과 지퍼는 많을수록 빛나지
접혀진 집과 젖혀진 의자는 꼭 찾게 될 거야

적실락 말락 쌓일락 말락

바라바라 바라바 빈 밭을 오락가락했던

무밭의 무면허 바큇자국도

최종후보작

모텔 여옥

밤을 맴돌던 달의 발꿈치가 둥그렇게 닳았다
잎 떨어진 가지의 손이 차다 초승의 끝이다

돌아오는 길을 잃은 언 가지는 죽은 가지일까 얼음 든 강은 부
러진 날개일까 백색은 하양과 얼마큼 다른가 검음이나 검정과는
누가 먼저 앞설까

긴 밤을 삐걱대던 계단은 허공에 쌓인 공후의 음계? 땅 밑을 떠
도는 오르페우스의 리라?

저녁에 빛은 모텔 밖으로 흘러들고
아침에 빛은 모텔 밖에서 흘러든다

꿈을 빠져나온 발이 툭 떨어졌다 아침 햇살이 서치라이트처럼
탐문중이다 흘러든 가지 그림자가 바닥을 딛지 못하는 발바닥에
명부를 새기고 있다 나는 새처럼 검다 발목까지 휘갈겨 쓴 한밤의
숙박계가 짧다 아니 희다

흰 발에 내려앉은 겨울가지는 끊긴 제 그림자?

흰 발목에 새겨진 저 새는 저를 겨냥한 칼?

건너지 마 검정 새여 날개를 펼치지 마

창 안에는 다급히 불러대는 무음의 진동이 있고 창밖 겨울가지
에는 연두가 차오르고 있으니 공무도하 공경도하

최종후보작

들여다보다

눈을 감아봐, 주사위를 던져봐, 사각의 밤이야, 어떤 밤은 별 하나 모서리 넷, 어떤 밤은 바닥 하나 별 넷, 모서리와 바닥을 이으면 이야기가 탄생하지, 아름답지 않니? *평범한 샐러리맨 트루먼 버뱅크는 아름다운 여인 메릴과 결혼했으며……* 영혼의 곳간이야, 춘몽을 쌓았지, 계절의 곳집이야, 정답을 모았어, 꽃과 반지를 담은 밤은 시폰케이크처럼 푹신해, 중국요리를 넣은 밤은 공갈빵처럼 빵빵해, 오래된 꿈에서는 탄내가 났어, 그게 다야? *사실 트루먼은 하루 24시간 생방송 되는 쇼의 주인공이다. 본인은 아직 모르고 있지만……* 닫힌 창문이야, 여나마나 출구가 막힌 프레임이야, 보나마나 어제 저녁 그제 저녁에 갇힌 함(函)이야, 솟았다 어두웠다, 낡은 신이, 보였다 사라졌다, 정말? *방송국에서는 트루먼의 물 공포증을 이용하여 그를 붙잡아두려고 거대한 폭풍을 만드는데……* 폭풍이 삼킨 갑(匣)이야 곽이야 궤야, 비탈을 덧댄 서랍이야, 죽음은 달려오고 추억은 딸려오곤 해, 치명적이지 않니? 자, 두드려봐, 별들이 좌초된 진초록 벽을, 스크린을 나가봐, 떠나봐, 스튜디오 밖 사각지대로 정끝별의 시에는 약하고 소외된 것들을 보듬는 젖은 시선과 따스한 품이 있다. 이 시인을 지칭하는 말 중에서 '사랑의 시인'보다 더 적절한 것은 없을 듯하다. 그렇다고 해서 누추한 삶에 대한 애정이 그저 연민에 그치는 것은 아니다. 정끝별은 서러운 세상을 서럽지 않은 방식으로 말하려 애쓰는 시인이다.

이러한 전체적 인상과는 달리 정끝별 시의 내부는 소재 면에서나 주제 차원에서 풍부한 다양성을 품고 있다. 자연과 인간사와 문명의 숱한 양상들이 작품에 소개되고, 이들은 또 공감과 비애와 비판의 시각으로 세공된다. 여기에 시적 활력을 불어넣는 것은 특유의 활기찬 상상과 발랄한 언어 구사이다. 은유적 상상력의 테두리 안에서 솟아나는 발견의 순간들, 이를 이끌어가는 경쾌한 구어의 리듬, 그리고 기지 넘치는 말놀이를 근거로 우리는 이 시인을 단정하고 예리한 서정시의 생산자이자 온건한 언어 실험가라 말해볼 수 있다.

이번의 후보작들은 사실의 직접적 제시를 자제하여 문맥의 투명도가 다소 낮아져 있다. 그 결과 사물과 인간, 말과 사물의 경계가 흐려져 시는 좀 더 아련한 풍경을 이루는 것 같다. 세심한 관찰을 통해 대상들의 숨겨진 속성을 찾아내고, 다소 익숙한 유추를 통해 이를 시화(詩化)해 온 것이 지금까지의 방법이었다면, 이제 시인은 은유의 그물을 쉽사리 펼치지 않으면서, 좀 더 낯설고 독자적인 세계를 지향하려 하는 듯하다.

의식을 얼마간 꿈꾸는 듯한 상태에 두고 계획 없이 흘러나오는 말들이 저절

로 흩어지고 뭉쳐지게 두는 것은, 기존의 시 관념을 덜 믿는다는 점에서 오

히려 시를 더 믿는 자세일 터이다. 더 멀리 보고 더 깊이 들으려면 명징한 의

식과 분명한 감각에 대한 믿음을 얼마간 내려놓아야 한다고 생각하게 된 것

일까. 이 시인의 시에서 감지되는 체질 변화의 기미에 관심과 기대를 갖게

된다.

— 이영광 · 시인

함기석

오염된 땅

하나병원 장례식장 뒤편 소각장

흐른 속에 사는 사람

로즈가 로즈로 살던 집 로즈

수학자 누Nu 6

수학자 누Nu 7

1992년 《작가세계》로 등단했다.
시집 『오렌지 기하학』『물랑 공원』『착란의 돌』『국어선생은 달팽이』『힐베르트 고양이 제로』,
동시집 『숫자벌레』, 동화집 『상상력학교』 등이 있다.
박인환문학상, 이형기문학상, 눈높이아동문학상을 수상했다.

오염된 땅

첫 낱말이 태어날 때
그것은 죽음과 탯줄로 이어져 있다

그것은 핏덩어리 육체여서
나는 늙고 아픈 산파처럼 떨리는 손으로

엉킨 피를 닦아
대지의 파헤쳐진 가슴에 안긴다

그러나 그 순간부터 낱말은 훼손되고
썩은 젖을 빨며

꽃과 나무 사이에서
죽음은 한순간도 유혹을 멈추지 않는다

4월, 빛이 잠든 벚나무 꽃그늘 아래
검은 나비 날고

끝에 태어날 낱말은

우리 주검이 누울 차디찬 석관을 개봉한다

하나병원 장례식장 뒤편 소각장

불타고 있다

누군가 쓴 일기장

누군가 신던 기린 양말

누군가 선물 받은 아름다운 목도리

눈 속에서 불타고 있다

누군가 발이 되어준 지팡이

누군가 불면 속에서 쓰다듬던 장난감 펭귄

누군가 비운 빨간 약병

첫눈 속에서 모두 불타고 있다

누군가 잃어버린 벙어리장갑

누군가 아기를 안고 칸나처럼 웃던 창문

누군가 잃어버린 청춘

열쇠 없는 일요일 아침, 자물쇠 닮은 갑작스런 죽음

누군가 머물다 떠난 빈 벤치

누군가 죽은 숲

누군가 울면서 걸어간 눈길

모두 젖은 물고기처럼 불타고 있다

호른 속에 사는 사람

눈길에서
눈을 잃고
길을 잃고
호른 속으로 미끄러친 사람
호른 속 깊고 어두운 방에 쓰러져
흰 피를 흘리다
흰 잠에 빠져든 사이
잠이 녹고
꿈이 녹고
기억이 녹고 이름이 녹고
살마저 녹아 얇게 퍼져 흐르다
호른이 된 사람
호른 속에서 영원히
어른 속으로 돌아오지 못하는
사람이었던 사람
새도 나무도 잠든 추운 겨울밤
호른 속에서 잠을 뒤척이며
찬 달빛 분사하다

찬 숨결 분사하다

영원히 소리가 되어버린 사람

영원히 악기가 되어버린 사람

오래전 나를 떠난

오래전 나를 버린

찬 금속의 피를 가진 그 사람

가끔 삶이 시리고

시가 시릴 때 내가 불면

하얀 물뱀 머리 달린

하얀 안개가 되어

검은 농담처럼 천천히 대기를 흐르다

내 몸을 부드럽게 휘감는

하얀 가슴 달린

하얀 입술 달린

로즈가 로즈로 살던 집 로즈

로즈는 장미가 아니어서, 지붕이 불탄다
울타리가 타고
울타리라는 울타리로부터 불길이 솟고
잠든 로즈가 탄다

잠이 타고 살이 타고
심장의 고동도 목소리도 맥박도 다 타 재가 되고
입술은 날개가 되어
가시 끝에 말라붙어 소리 없이 탄다

이름이 타고
귀가 타고 눈이 타고 손발이 타고
이제 아무도 너의 얼굴조차 알아보지 못하고
뜻을 새기지 않는다

마른 육체에 남은 시간이 타고
모든 기억들이 타고, 로즈의 뿌리는 죽은 자의 발이 되어
땅속에 축축이 묻힌다

최종후보작

로즈가 로즈로 살던 집 로즈, 기둥이 타고
숨 막히던 숨이 타고
뒤틀린 꽃잎들은 한마디 비명도 외침도 통곡도 없이
대기의 침묵 속으로 날아간다

이제 가까스로 너는 검은 자유에 근접한다
검은 새의 몸에 피처럼 스민다
아무도 본 적 없는
부리도 꼬리도 발도 날개도 없이 유랑하는 새

수학자 누Nu 6

대머리 낱말요리사 넌Non의 머리에 그의 애완파리 센스Sense가 앉아 있다 도로엔 파도가 찰랑거리고 차들이 둥둥 육교 위로 떠간다 왜 이런 비현실적인 도시가 건설된 걸까 누가 낱말호텔 25층 레스토랑에 앉아 추론 중이다

요리 중인 넌, 소금물 속에 담긴 슈즈라는 낱말을 은젓가락으로 꺼내 말린다 그것은 양고기 질감을 가진 오늘의 디너 재료, 슈즈의 끈을 풀고 광택을 지우고 핏물을 빼고 올리브기름을 입힌 후 달궈진 팬에 올린다

추론은 기묘한 수갑이다 흡연과 몽상과 질문이 금지된 이 도시 쿰, 폐허의 빌딩 벽마다 철근들이 솟아 있다 인간의 육체를 떠올리며 누가 연산한다 나누는 항과 나누어지는 항이 모두 무한히 커지는 생존의 극한방정식

슈즈 요리가 나온다 포크와 나이프로 누가 슈즈의 눈을 파먹는 사이 넌 디저트를 준비한다 사각의 도마에서 사각으로 반 토막 난 세계라는 낱말, 작두콩처럼 두껍고 질긴 껍질에 둘러싸인 세계를

끓는 물에 넣는다

　세계가 노릇노릇 잘 익어 물렁물렁해지기를 기다리며 누가 저
녁놀이 깔리는 쿰의 마천루를 응시한다 지갑에서 납작한 프랑스
제 웃음 하나를 꺼내 입에 물고 라이터 불을 붙인다 웃음은 타면
서 독한 타르와 연기를 내뿜고

　디저트접시를 들고 걸어오는 흰 가운의 넌Non, 센스Sense가 뒤
따른다 갑자기 도시 전체가 꼽추 콰지모도의 등뼈처럼 휘고 호텔
창가의 컵들이 공중의 아스팔트로 박쥐가 되어 날아간다 파도가
부글부글 끓기 시작한다

수학자 누Nu 7

항아리에서 귀가 수련처럼 자란다 실뿌리가 희다 나비가 다가
오면 무서워하는 꽃을 피우다가 누가 다가오면 어린 창녀처럼 뒤
돌아 앉아 시든다

폐를 도려낸 집, 갈라진 벽을 따라 빛이 예각으로 누수되고 있
다 모든 소리와 색깔과 피를 흡수하는 삼각형 집, 나무는 없고 나
무그림자 혼자 물속을 거니는

모든 모서리가 직각으로 꺾인 무채색 정원, 나비들은 나풀나풀
피살된 노부부의 주검 곁을 날고 귀 잃은 얼굴로 정오가 정원을
배회하며 망각되고 있다

넝쿨장미 담을 따라 늘어선 해바라기 전경들, 5월의 정원에서
하늘은 지렁이처럼 몸을 비틀며 마르는데 귀가하지 못한 귀 하
나 항아리에서 수련처럼 떨고

갈라진 벽 속으로 은폐된 비명이 둔각으로 흡수되고 있다 터질
듯 또 몽우리를 맺는 귀, 무서운 꽃을 피우다가 누가 다가오면 무
서워하며 시든다

최종후보작

말의 당연한 의미를 믿지 않고 늘 다른 가능성을 타진하며 새로운 말과 논리를 꿈꾸는 사람이 시인이다. 언어 혹은 언어의 자율적 논리 자체를 중시하게 되면 명백한 현실을 표현하기 위해서 언어를 보조적 수단으로 동원하지 않게 된다. 오히려 언어를 정교하게 조직하여 현실을 재배열하고 시간이 정지된 유희의 세계를 그리게 된다.

따라서 이 계열의 작품들은 추상적이고 논리적이라는 인상이 강하고, 보편적 설득력을 얻기가 쉽지 않은데 함기석은 드물게 자기 색깔을 인정받으며 이 계열을 대표해온 시인 중 한 명이다. 센스가 아니라 난센스, 2차원의 문장과 3차원의 현실을 뒤섞는 상상력, 기하학에서 대수학과 위상수학, 무한(∞)과 영(0) 등 수학의 다양한 개념과 공리를 시의 전위적 가능성으로 흡수하여 펼쳐내는 실험은 지금 한국 시단에서 거의 유일무이하고 그만큼 매력적이다.

그런 함기석의 시가 최근에는 조금 달라진 것 같다. 작품 곳곳에 '고통받는 인간의 얼굴'이 드리워지기 시작한 것이다. 현실의 영향에서 자신이 자유롭지 못하다는 것을 깨달은 자의 인간적인 아픔이 짙다고 할까. 예심 위원들은 이 변화에 주목했다. 어찌 보면 함기석은 그동안 고통스러운 현실에서 자신을 지키기 위해 수학문제를 풀듯이 언어논리의 발명에 몰두한 것인지도 모른다. 그러나 죽음이 언어의 자율성을 현실에 붙들어맬 때, 장례식장의 소각장에서 사물들은 비통하게 불탄다.

— 박상수 · 시인

제15회 미당문학상 심사 경위

신준봉 · 중앙일보 문화부 기자

미당(未堂) 서정주(1915~2000) 시인의 탄생 100주년 되는 해를 맞아 진행된 2015년 제15회 미당문학상 심사는 어린이날인 5월 5일 미당문학상 운영위원회를 열어 예심 심사위원을 정하는 것으로 4개월간의 일정을 시작했다.

황현산 · 오생근 문학평론가, 이시영 · 최승호 · 김혜순 시인으로 구성된 운영위원회는 나희덕 · 이영광 · 박상수 시인, 조강석 · 송종원 문학평론가 다섯 명을 올해 미당문학상 예심 심사위원으로 선정했다. 예심 위원들은 곧바로 심사에 착수했다. 수십 종에 이르는 주요 문예지에 발표된 시 작품 전체를 살펴 우선 심사 대상으로 29명의 시인을 선정했다.

1차 예심에 오른 시인 명단은 아래와 같다.

강성은 · 김성규 · 김안 · 김이듬 · 김중일 · 김행숙 · 김현 · 박상순 · 박진성 · 박판식 · 박형준 · 손택수 · 송승언 · 신영배 · 신용목 · 유홍준 · 이근화 · 이기성 · 이병률 · 이수명 · 장철문 · 정끝별 · 조연호 · 조용미 · 차주일 · 최정

례 · 함기석 · 허연 · 황인찬 (가나다순)

미당문학상 2차 예심은 한 달 후인 7월 24일에 열렸다. 예심 위원들은 김안 · 김이듬 · 김행숙 · 박형준 · 신용목 · 유홍준 · 이수명 · 정끝별 · 최정례 · 함기석, 10명의 시인을 본심에 올리기로 했다.

본심 심사위원을 정하는 운영위원회가 8월 6일에 열렸다. 매년 한 명씩 운영위원을 교체해야 한다는 운영위원회 정관에 따라 올해를 마지막으로 운영위원을 그만두는 황현산 문학평론가와 또 다른 운영위원인 이시영 시인, 운영위원회 바깥의 고형렬 · 김기택 · 권혁웅 시인을 심사위원으로 선정해 본심을 하기로 했다.

미당문학상 본심은 2차 예심으로부터 역시 한 달 후인 9월 4일 열렸다. 심사위원들은 올해 후보 작품들에서 받은 전체적인 인상, 후보 시인 개개인의 개성에 대해 격의 없이 의견을 교환한 후 후보 시인들에 대한 표결에 들어갔다. 그 결과 3명의 후보로 압축됐다. 그 가운데 최정례 시인과 김행숙 시인을 두고 보다 심도 깊은 토론이 이뤄졌다. 심사위원들은 심사 시작 두 시간 만에 결론에 도달했다. 올해 미당문학상 수상 시인으로 최정례 시인을 뽑았다. 반대 의견을 밝혔던 심사위원도 다수 의견에 흔쾌히 동의해 최정례 시인을 올해 미당문학상 수상자로 선정했다.

대상들이 서로 비추고 산란, 매혹의 경지

권혁웅 · 시인

요즘은 삶도 퍽퍽하고 삶의 표현형인 문학도 퍽퍽한 것 같다. 그런데 그럴수록 뜻밖에도 좋은 시들이 여기저기서 모습을 보인다. 시는 그다지 인기 있는 장르가 아니지만, 역설적이게도 그 인기 없음 덕택에 퇴보의 운명에서 자유로운 것 같다. 눈치를 보거나 타협해야 할 대상이 별로 없기 때문이다. 사실은 이미 퇴보했음을 모르는 장르의 운명일지도 모르지만. 이것이 마지막 불꽃놀이인지 혹은 새로운 발화점인지는 알 수 없지만, 예심에서 넘어온 10명의 시인들이 보여준 다채로운 시편들 역시 한국시의 현재를 멋지게 보여주고 있었다. 본심위원들은 이 가운데 각자가 추천하고자 하는 시인의 이름을 적었으며, 여기서 복수의 추천을 받은 시인들을 최종적인 논의의 대상으로 삼았다. 이렇게 해서 김안, 김행숙, 최정례의 시가 남았다.

김안의 시가 가늠하는 지평은 일상잡사를 훌쩍 넘어서 있다. 종교나 신화의 영역이라고 이름 붙여야 할 그 영역은, 그러나 역사와 욕망을 경유해서만 가 닿을 영역이다. 이것은 그의 시가 인간이 처해 있는 삶의 조건과 인간을 움직이는 욕망이라는 동력을 모두 고려한 자리에서 지어지고 있음을 뜻한다. 「불가촉천민」 연작을 21세기 판 「산정묘지」 연작(조정권)이라고 불러도 좋을 것이다. 「산정묘지」의 주제가 신성이라면 이 연작의 주제는 사랑이며, 전자의 목표가 탈속(脫俗)이라면 후자의 목표는 재속(在俗)이다. 시 「디아스포라」는 한국시가 기억해야 할 수작임에 틀림이 없다. 그런데 시가 거듭되면서 중언부언의 기미가 없지 않았다.

　김행숙의 시는 읽히는 텍스트가 아니라 듣는 텍스트다. 시인이 때로는 고백하고 때로는 단언하며 때로는 회의할 때, 우리는 고백하는 자, 명령하는 자, 의심하는 자 앞에 선다. 이런 다채로운 변신이 가능한 것은, 시인이 말의 옷을 갈아입지 않고 말 자체의 몸이 되기 때문이다. 근작시에서는 시대의 무게를 감당하는 자의 근기와 근력이 느껴지기도 했다. 그런데 「에코의 초상」에 비하면 그 힘이 약화된 듯하다. 말하자면 시인은 지금 이행기 혹은 과도기를 겪고 있는 셈인데, 이 사이 혹은 문턱을 넘은 후에 수상의 영예를 드리는 게 도리에 맞지 않겠느냐는 의견이 있었다.

　최정례의 근작시들은 산문시다. 산문시는 그 일반화된 이름과는 다르게 우리 시의 역사에서 그다지 개척되지 않은 영역에 속한다. "행갈이 하지 않은 시, 운율이 없는 시"라는 형식적인 규정이 오해를 낳아온 것 같다. 산문시를 표방한 그동안의 시가 느슨한 시작메모에 그친 것도 이 때문일 것이다. 모든 형식은 내용이 외화된 것이므로 산문시 역시 그 내용에서 본질을 찾아야 한다. 내용이야말로 최고의 형식이다. 그것은 형식이 '그렇게 말할 수밖에 없는 어떤 뜻'의 표출이기 때문이다. 미지근한 이야기, 느슨한 형식이란 정돈되지 않은 정신과 사유를 보여줄 뿐이다.

　최정례의 산문시에서는 한 이야기가 자유로운 연상을 타고 다른 이야기로 건너가고, 한 이미지가 변신담의 주인공처럼 모습을 바꾸면서 다른 이미지가 된다. 시가 진행되면서 중첩되어 있던 이야기들은 어느새 하나의 큰 이야기로 통합되고, 이미지들은 최종적인 형태를 얻으면서 최대의 역량을 발휘한다. 이것은 한 번에 여러 개의 삶을 사는 일이자 여러 개의 현재가 이곳에서 웅성거리고 있음을 증언하는 일이다.

당선작 역시 이런 능란함을 유감없이 보여준다. '개천에서 용 난다'는 속담을 뒤틀어 얻어낸 저 유머는, '개천은 아무 생각이 없어'라는 현실주의에 의해 부정되고, 화를 내는 한 사람(그는 '용용 죽겠지?'의 대상이다)과 역린에 대한 묘사로 옮겨가며, 맑은 날 장례식장 가는 길에서의 상념(우리는 모두 죽으러 가거나 죽은 자를 위로하러 가는 길 위에 서 있다)을 거쳐, 참새/해충이라는 알레고리로 귀결된다. 여기에 이르면 어느새 해충은 사라지고 참새와 용의 대립이 민중과 권력자의 대립으로 전환된다. 누가 해충이니? 참새들이니, 아니면 참새를 멸절시켜 재앙을 부른 자니? 흥, 화내는 너도 개천에서 났잖니? 이야기가 거듭되면서 모든 대상들이 서로를 비추며 무수한 의미들을 산란시킨다. 이 매혹적인 경지에 수상의 영광이 가야 한다는 데 의견이 일치했다. 수상을 축하드린다.

작품 출처

-

「개천은 용의 홈타운」,「그 시간표 위로」,「나는 짜장면 배달부가 아니다」,
「동쪽 창에서 서쪽 창까지 」,「해삼내장젓갈」,「한 짝」,「인터뷰」,「릴케의 팔꿈치」,
「이 길 밖에서」,「회생」,「꿈땜」,「닭의 실루엣」

— 최정례,『개천은 용의 홈타운』(창비, 2015)

「떠돌이 개」,「벙깍 호수」,「홍수 뒤」

— 최정례,『캥거루는 캥거루고 나는 나인데』(문학과지성사, 2011)

「푸른 사과」,「병점(餠店)」,「내가 한 잎 나뭇잎이었을 때」

— 최정례,『내 귓속의 장대나무 숲』(민음사, 2007)

「칼과 칸나꽃」,「그녀의 입술은 따스하고 당신의 것은 차거든」,「레바논 감정」,
「냇물에 철조망」,「개구리 메뚜기 말똥구리야」

— 최정례,『레바논 감정』(문학과지성사, 2006)

「3분 동안」,「비행기 떴다 비행기 사라졌다」,「늙은 여자」,「빵집이 다섯 개 있는 동네」

— 최정례,『붉은 밭』(창비, 2001)

「고기 사러 갔던 길」

— 최정례, 『햇빛 속에 호랑이』(세계사, 1998)

「발」

— 정끝별, 『은는이가』(문학동네, 2014)

제15회
미당문학상
수상작품집

개천은 용의 홈타운

초판 1쇄 2015년 11월 10일
초판 2쇄 2016년 12월 15일

지은이 최정례 외

발행인 이상언
제작책임 노재현
책임편집 박성근
일러스트 안소민
마케팅 김동현 김훈일 김주희 한아름 이연지

발행처 중앙일보플러스(주)
주소 (04517) 서울시 중구 통일로 92 에이스타워 4층
등록 2007년 2월 13일 제2-4561호
판매 1588-0950
제작 (02) 6416-3928
홈페이지 www.joongangbooks.co.kr
페이스북 www.facebook.com/hellojbooks

ISBN 978-89-278-0694-3 03810

문예중앙은 중앙일보플러스(주)의 문학 단행본 브랜드입니다.